遼寧省圖書館藏陶湘舊藏閔凌刻本集成

蘇文忠公策選·蘇長公表啓·蘇長公密語

遼寧省圖書館 編

3

中華書局

第三册目録

蘇長公表三卷啓二卷（啓）

啓……三

卷一（三）　卷二（六七）

蘇長公密語十六卷首一卷（首卷—卷五）

東坡密語引（李一公）……一三七

目録（首卷—卷七）……一四九

首卷……一七三

蘇子瞻本傳（一七三）　蘇子瞻自評文（一八九）　蘇子瞻像贊（一九一）

卷一……一九三

詩（一九三）　賦（一九七）

卷二……二二五

銘（二二五）

卷三……二八三

頌（二八三）　偈（三〇九）

卷四……三二五
贊（三二五）
卷五……三七七
序（三七七）

蘇長公表三卷啓二卷（啓）

（宋）蘇軾　撰
（明）錢櫝　輯
（明）李卓吾等　評

明凌濛初刻朱墨套印本

蘇長公啟目卷一

謝館職啟
賀韓丞相啟
荅曾學士啟
賀歐陽少師致仕啟
賀韓丞相再入啟
密州到任謝執政啟
荅楊屯田啟二首

謝監司薦舉啟
徐州謝兩府啟
賀呂副樞啟
賀趙大資致仕
荅陳齋郎啟
登州謝兩府啟
謝中書舍人啟
荅試館職人啟

荅李寶文啟
荅王欽臣啟
謝賈朝奉啟
賀范端明啟
荅范端明啟
杭州謝執政啟
荅杭州交代啟
謝生日詩啟

賀林待制啟
賀蔣發運啟
謝制科啟
賀楊龍圖啟
賀吳副樞啟
賀文太尉啟
鳳翔到任謝執政啟
定州到任謝執政啟

回蘇州黃龍圖啟
代大中公賀歐陽樞密啟

鷟屏曰材既天授筆自豪華

又曰奇而麗

蘇長公啟卷一

謝館職啟

試言無取錫命過優進貽朋友之譏退有簡書之畏靦顏就列撫巳若驚國家取士之門至多而制舉號爲首冠育才之地非一而冊府處其最高觀其所以待之蓋亦可謂至矣知寶玉璠璵難得而易毀故篋櫝以養其全知梗楠豫章積歲而後成故封殖以待其長施等天地恩均

鹿門曰錯舉十五人所遭以致感慨

麓屏曰斐亹多致華縟欲流

父師恭惟先帝臨御以來四十二載所擢賢良方正之士十有五人其志莫不欲舉明主於三代之隆其言莫不欲措天下於泰山之固大則欲興禮樂以範來世小則欲操數術以馭四夷然而進有後先名有隱顯命有窮達時有重輕或已踐廟堂之崇或已登侍從之列或反流落於遠郡或尚滯畱於小官或死生之乖睽已爲陳迹或擯斥於罪戾僅夷平民雖曰功名富貴

所由之塗亦爲毀譽得喪必爭之地名重則於實難副論高則與世常疎故雖絕異之資猶有不任之懼軾之内顧豈不自知性任巳以直前學師心而無法自始操筆知不適時會宗伯之選掄疾時文之靡獘擢居異等以風四方不知滿溢之憂復玷良能之舉負賢者所難之任爭四海欲得之求其爲惷愚可爲危慓是以一參賓幕輒蹈危機巳嘗名挂于深文不自意全於

又曰精神百倍

今日而况大明繼照百度惟新理財訓兵有鞭笞戎狄之志信賞必罰有追述祖宗之風凡用人歷試其能苟敗事必誅無赦此太平可待之日豈不肖兼容之時而乃度越賢豪曲收微賤縱不能力辭而就下亦當知非分以自懟此葢伏遇某官志在斯民仁爲己任欲辦大事務兼寸尺之長將求多聞故引涓埃之助致此忝昂有踰等倫欲報無緣將何望於頑鄙遇寵知懼

五翁曰據事直叙自是簡勁莊嚴

庶不至於惰媮

賀韓丞相啟

伏審誕膺策命首冠輔臣四方聳觀萬口同慶自古在昔治少亂多夫天將欲措世於大安必有異人之間出使民莫不回心而向道類非俗吏之所能方陋漢唐將追堯舜洪惟上聖之后眷求一德之臣謂莫如公遂授以政付八音於師曠孰敢爭能捐六轡於王良坐將致遠引領

麗屛曰韓公尔時實中外倚以爲重故公云然非如今之敭尊貴

以望惟日爲年恭以昭文相公全德難名巨才不嶤亹亹申伯之望堂堂漢相之風出入三朝險夷一節藁爾種羌之叛命慨然當宁以請行威聲所加臚穢自屛淮蔡旣定而裴度相徐方不回而召虎歸縱復遺種龍荒遊魂沙海譬之癬疥豈足爬搔必將訓兵擇帥而授之規摹積穀堅城而磨以歲月破斧之惡四國實願周公之亟還折箠以鞭赤眉無煩鄧禹之久外天下

者徒以佞舌相諛已也

又曰此啓似少韻致未盡坡公所長

是望豈惟一人即日邊徼苦寒台候何似伏冀
爲國善調寢興謹奉啟起居

答曾學士啟

伏審祗奉詔恩榮升冊府允厭朝論增輝士林伏惟慶慰恭以聖神在御政化惟新顧籲俊之無方豈拔賢而待次賤如莘野猶爲席上之珎遠若傅巖盡入轂中之選而況圭璋之質近生閥閱之家固宜首膺寤寐之求於以助成肅雍

荆川曰儷詞婉轉清便使孝標諸人將筆便俎識矣

之化府判學士天資粹美儒術講明向屈處於下僚蓋避嫌而自悔屬文子之請老察少翁之最賢撫念老成聿求義訓豈獨襃崇之盛典固將樂育於英材自顧庸虛獲聯齋舍忽捧書詞之辱益知謙德之光喜愧于心踧踖無措

賀歐陽少師致仕啓

伏審抗章得謝釋位言還天眷雖隆莫奪已行之志士流太息共高難繼之風凡在庇庥共增

鹿門曰內多名言

五聚曰林下何曾見一人臣坐此弊

慶慰伏以懷安天下之公患去就君子之所難世靡不知人更相笑而道不勝欲私於爲身君臣之恩係縻之于前妻子之計擁荷之於後至於山林之士猶有降志於垂老而况廟堂之舊欲使辭福於當年有其言而無其心有其心而無其決愚智共蔽古今一塗是以用捨行藏仲尼獨許於顏子存亡進退周易不及於賢人自非智足以周知仁足以自愛道足以忘物之得

文曰肖其為人

纚屏曰頌詞確當

喪志足以一氣之盛衰則孰能見幾禍福之先
脫屣塵垢之外常恐茲世不見其人伏惟致政
觀文少師全德難名巨材不器事業三朝之望
文章百世之師功存社稷而人不知躬履艱難
而節乃見縱使耄期篤老猶當就見質疑而乃
力辭於未及之年退託以不能而止大勇若怯
大智如愚至貴無軒冕而榮至仁不導引而壽
較其所得孰與昔多軾受知最深聞道有自雖

王聖俞曰走筆成對語必洞心作啟家上乘

鹿門曰此數言長公平生所獨見處故及之

外爲天下惜老成之去而私喜明哲得保身之全伏暑向闌台候何似伏冀爲時自重少慰輿情

賀韓丞相再入啟

伏覩詔書登庸舊德傳聞四海歡喜一辭竊以君臣之間古今異道任法而不任人則責輕而憂淺庸人之所安任人而不任法則責重而憂深賢者之所樂凡吾君所以推心忘己一切不

問而聽其所爲蓋其後必將責報收功三年有成而底於至治自非量足以容物智足以知人強足以濟艱難勇足以斷取舍則何以首膺民望力報主知公惟史館相公忠誠在天德望冠世如乾之中正挺然而純粹精如坤之六二隤然而直方大更練三朝之用舍出入四方之險夷疲民系心有識引領必將發其蘊蓄以次施行始緩獄以裕民終措刑而隆禮軾登門最舊

麓屏曰按長公判杭州四載以弟子由在濟南求爲東州守乃移知密州到任時乃熙寧之八年也

荷顧亦深喜忭之懷實倍倫等

密州到任謝執政啟

帶山負海號爲持節之邦多病無功久在散材之目授非所稱愧靡自任矧茲願治之辰方以求賢爲急宜得敏銳兼人之器以副厲精更化之懷如軾者天與愚忠家傳朴學議論止於汙俗交遊謂之陳人出佐郡條荐更歲籥雖僅脫網羅之患然卒無毫髮之稱豈伊寵榮偶及衰

鈍此葢伏遇某官股肱元聖師表萬邦欲隆太平極治之風故開兼收並採之路重使一夫之不獲特損支郡以見收荷恩至深於報何所謹當鐫磨朽鈍筆策疲駑雖無望於功名庶少逃於罪戾過此以往未知所裁

答楊屯田啟二首

伏承枉顧寵示長書禮數過隆既匪妄庸之稱文詞深厚足爲衰拙之光反復究觀愧汗交集

又曰成語似出天然

又曰信手拈來便成對偶筆性之靈至此

伏惟通判屯田學深經術名重薦紳頃者劒外屈臨百里之間巳是部中受賜一人之數豈伊幸會復此逢迎聽其言信仁人之溥哉居是邦蓋大夫之賢者欲報瓊瑶之貺適苦簿書之煩言之不文永以爲好

又

向者不遺特蒙枉顧愧無琴瑟旨酒以樂我嘉賓但喜直亮多聞眞古之益友謂將繼此而得

又曰公亦自知不為世容無奈其疎直之性固然

見豈意闕然而有行伏讀誨音惟知感歎伏惟通判屯田才猷通敏學術深純非獨東州杞梓之珎將爲清廟璠璵之寶暫臨邊服行履要津而軾早以空疎加之衰病不緣曠官而罷去則當引分以歸耕自茲恐遂有出處之疎故臨紙不能無悵惘之意惟祈自重少副下情

謝監司薦舉啟

猥以庸虛過蒙知遇旣免尤譴復加薦論自省

五翳曰說破世情然而氣亦微不平矣

麓屏曰當時授職未幾輒復迁謫誰肯以歲計耶長公歲有餘而

孤危加之衰病生而賦朴野之性愚不識禍福之機但知任巳以直前不復周防而慮後動觸時忌言爲身災擠而去之則爲有功引而進之亦或招悔自非不以利祿爲意而以仁厚爲心顧兹鈍頑誰肯收錄伏惟某官時望至重主知巳深方將長育於羣材專務掩覆於小過憐其謀身之甚拙進絶望而退無歸知其爲政之雖迂歲有餘而日不足特矯世俗借之齒牙輒敢

日不足一句
含情無限

不祇畏簡書益自修飭豈云報德苟不辱知過此以還未知所措

徐州謝兩府啟

移守河中旦愧超陞之異改臨泗上仍叨藩鎮之雄既見吏民周覽風俗地形襟要當東南水陸之衝民食艱難正春夏旱蝗之際宜得一時之循吏以安千里之疲民如軾者才不逮人學非適用月塵策府自知拙直之難安屢乞守符

〇二六

五聚曰和平温雅

意謂苟全之善計然自在來三郡首尾七年足蹈危機僅脫風波之險心存吏役都忘學術之源既未決於歸耕敢復來於善地伏遇某官權衡萬物高下一心頑礦悍堅實費陶鎔之力散材疏惡徒施封殖之恩謹當筆策疲駑鐫磨朽鈍上酬天造次答已知

賀呂副樞啟

伏審近膺告命入總樞機中外聳觀朝廷增重

麓屏曰起處注重

伏惟慶慰竊以古之爲國權在用人德厚者輔其才而名益隆望重者無所爲而人自服是以淮南叛國先止謀於長孺汾陽元老尚改觀於公權樽俎可以折衝蔾藿爲之不採哀此風流之莫繼久矣寂寥而無聞天亦厭於凡才上復思於舊德恭惟樞密侍郎性資仁義世濟忠嘉豈惟清節以鎮浮固已直言而中病出領數郡若將終身小人謂之失時君子意其復用迨茲

又曰千古確論

顯拜夫豈偶然然而荷三朝兩世之恩當春秋賢者之責推之不去凛乎其難進伯玉而退子瑕人皆望於門下烹桑羊而斬樊噲公無愧於古人莫若盡行疇昔之言庶幾大慰天下之望軾登門最舊稱慶無緣踊躍之懷實倍倫等

賀趙大資致仕啟

伏審抗章得謝奉册言還搢紳聳觀閭里相慶竊謂富貴不爲至樂功名非有甚難樂莫樂於

麓屏曰想暗有所指

還故鄉難莫難於全大節歷數當今之卿相或寓他邦究觀自古之忠賢少有完傳錦衣而夜行者多矣狐裘而羔袖者有之至若百行渾圓五福純備當世所羡非公而誰恭惟致政大資少保道心精微德望宏遠無施不可尤高臺諫之風所臨有聲最宜吳蜀之政才不宽於大用命乃係於生民與時偕行不可則止見故人而一笑綽有餘歡念平生之百爲一無可恨方將

又曰讀賀趙大資啟二疏不得擅美于前矣

深入不二獨遊無何默追棨可之風坐致喬松之壽軾荷知有素貪祿忘歸慕鸞鵠之高翔眷樊籠而永歎傾頌之素敷寫莫窮

答陳齋郎啟

伏審祗膺寵命榮踐亨塗拜慶庭闈溢歡聲於觀者馳書士友摛華藻之燦然顧此衰羸實難當捧伏惟齋郎天資深茂學術淹通經行兩純窮達一操久困有司之尺度退從老圃於丘園

六弘曰天然工巧而若以不思得之

陋彼素飧是聞也非達也凜然遺直惟有之則似之假道一官權輿千里幅巾藜杖願爲二老之風流甲第高門坐看諸郎之富貴欣頌之至筆舌難周

登州謝兩府啟

迂愚之守没齒不移廢逐之餘歸田已幸豈謂承宣之寄忽爲枯朽之榮眷此東州下臨北徼俗習齊魯之厚迹皆秦漢之陳賔出日於麗譙

五騾曰寫登州風景如畫

麓屏曰長公所以有觀過知仁論

山川炳煥傳夕烽於海嶠鼓角清閑顧靜樂之難名笑妄庸之竊據此蓋伏遇某官股肱元聖師保萬民才全而德不形任重而道愈遠謂使功不如使過而觀過足以知仁特借齒牙曲成羽翼軾敢不服勤簿領祗畏簡書策蹇磨鉛少答非常之遇息黥補劓漸收無用之身過此以還未知所措

謝中書舍人啟

又曰自占地步

起於貶所未及朞年擢置周行遽忝法從省躬無有被寵是驚竊惟人材進退之間實爲風俗隆替之漸必欲致治在於積賢雖一薛居州齊言不能移楚而用范武子晉盜可使奔秦崔琰進而廉儉成風楊綰用而淫侈改度誠國是之先定雖民散而可收拔茅茹者以彚而征附馬棧者必先其直用舍既見好惡自明人知所趨勢有必至今朝廷方講當世之務力追前代之

五聚曰談時務鑿鑿

麓屏曰眉宇軒舉絶無寒乞態

隆雖改定法令足以便事而未足以安民寬弛
賦役足以安民而未足以成俗是以登進耆老
搜求雋良將使士知向方民亦有耻如軾者山
林下士軒冕棄材少而學文本聲律雕蟲之技
出而從仕有狂狷嬰鱗之愚溝中不顧於青黄
爨下無心於宫徵誤蒙收拾已出優恩荐履禁
嚴殊非素望此葢伏遇某官德配前哲望隆本
朝名重圭璋上助廟堂之用言爲蓍蔡下同卿

又曰數語道出本懷

麓屏曰按治平二年英宗在藩邸時聞長公名欲用唐故事召入

士之謀餘論所加虛名增重知丹心之尚在憐白首之無歸特借寵光以寬衰病任隆才下恩重報輕直道而行恐非所以安愚不肖之分充位而已又不足以解卿大夫之憂蚤夜以思進退惟谷恐懼戰越不知所裁

答試館職人啟

伏承射策玉堂方觀筆陣校文天祿遂秀儒林党友增華縉紳共慶國家求賢之道必於閑暇

翰林時富韓二公當國韓公以歐陽公力荐尚欲不次待之富公獨持不可曰姑少待之故召試只與館職觀此啟中卷之有素二聯則長公不無衡意

無事之時賢者報國之功乃在緩急有爲之際養之無素則一旦欲用而何由待以非常則臨事欲辭而不可故納之於英俊相從之地觀之以世俗不見之書非獨使之業廣而材成抑將待其資深而望重某官學優而仕行浮於名詞令從容議論慷慨追還正始文章爲之一新傳寫都城紙墨几於驟貴得士之喜非我敢私軾衰病侵尋文思荒落職在翰苑當發策而莫辭

又曰詞語典實

試匪通儒懼品藻之不稱過煩臨貺寵以書詞永爲巾笥之珎愧乏瓊瑶之報

答李寶文啟

伏審祇奉異恩遠臨全蜀奎文寶訓方入直於
禁嚴井絡提封旋出分於憂顧風猷所暨謳頌率同恭惟知府寶文望重搢紳材宜廊廟譬之金石蓋闇然而日彰浩若江河固竆之而益遠西南之俗信服已深民物子來氣復岷峨之舊

五聚曰讀之易竟味之有餘

舟車雲集惠通秦楚之商曾未下車已聞報政軾倦游滋久寤寐懷歸空詠甘棠之思莫展維桑之敬悵焉永望言不寫心

答王欽臣啟

伏審祇奉明綸特膺異選以高才望冊府以令德正僕臣側聞除書大慰輿論伏惟太僕學士文鳴早歲學記前人豫章雖老於中林瑚璉終升於清廟萬事不理問伯始而可知三篋雖亡

鹿門曰此必賈公過臨老蘇墓而長公陳謝者

攢屏曰讀之黯然

得安世而何患淸塗方踐遠業難量愧修慶之未遑辱移書之見及感佩之至但切下懷

謝賈朝奉啟

自蜀徂京幾四千里携拏去國葢二十年側聞松楸巳中梁枉過而下馬空瞻董相之陵爵以隻鷄誰副橋公之約宦游歲晚坐念漭流未報不貲之恩敢懷盡歸之意常恐樵牧不禁行有雍門之悲雨露既濡空引太行之望豈謂通判

某官政先慈孝義篤友朋首隆學校之師儒次
訪里閭之耆舊自嗟來暮不聞拔薤之規尚意
神交特致生芻之奠父老感歎桑梓光華深衣
練冠莫克垂洟於墓道昔襦今袴尚能鼓舞於
民謠仰佩之深力占難盡

賀范端明啟

恭承明詔追錄舊勲名陞祕殿之嚴實遂安車
之養仍惟餘澤以及後昆聞命以還有識相慶

又曰全用流水走對纍如貫珠

又曰凡矯激於一時與邀名于日後皆非忠也唯天知我絕口不言自古忠臣類如此

竊謂死生之事聖賢有不能了父子之際古今以爲難言方其犯雷霆於一時豈意收功名於今日惟天知我絕口不言偉事發之相重非人謀之所及恭惟致政端明學士至誠格物隱德在人弼亮四世如畢公壽考百年如衛武獨立不懼舍之則藏惟有青蒲之言尚在金縢之匱白日一照浮雲自開坐使遺民復觀盛事子孫歸沐下萬石之里門君相乞言授三老之几杖

五聚曰清淵典麗鏗然瑩然

又曰叙法錯綜

更延眉壽永作元龜軾無任

答范端明啟

伏審參稽古樂追述新書琢石鑄金成之有數立鈞出度施及無窮搢紳雲集於奉常端冕天臨於便座偉玆壯觀自我元臣竊以樂之盛衰寄於人之存否秦漢以下鄭衛律行雖喜三雍之成旋遘五湖之亂平陳之後粗獲雅音天寶之中遂雜胡部道喪久矣孰能起之獨求三代

之遺聲允屬四朝之舊德恭惟致政端明丈人耄期稱道直亮多聞進不謀安昔既以身而殉義退猶憂國今推所學以及人豈惟盡力於考音至復傾家而制器蓋事關於治忽必幽贊於神明得商頌十二篇於周大師雖賢者之事也獲古磬十六枚於犍爲郡豈偶然而已哉軾本非知音之人空荷移書之辱究觀累日喜愧兼懷徒誦詠於再三豈發明於萬一

又曰情出至悃故詞調警绝

杭州謝執政啟

小器易盈宜處不爭之地大恩難報終爲有愧之人到郡浹旬汗顔數四湖山如舊魚鳥亦怪其衰殘爭訟稍稀吏民習知其遲鈍雖尚膺於寵劇庶漸卽於安閑顧此惷愚亦蒙徼倖此葢伏遇某官輔世以德事君以仁嘉善而矜不能與人不求其備故令狂直得保始終指步武於夷途收桑榆之暮景軾敢不欽承令德推本上

麓屏曰向〻是答交代語一字移易不動

心政摧催科自占陽城之考姦容獄市敢師齊相之言庶寡悔尤少償知遇

答杭州交代啟

罷直禁中本緣衰病分符浙右更竊寵榮旣尋少壯之舊遊復繼老成之前躅養痾卧治之所蒙成坐嘯之餘顧此鈍頑實爲忝昧伏惟知府待制宏才緯俗雅望鎮浮神馳方切於望塵心照已先於傾蓋借之餘潤成此虛名勝大夫之

又曰此啟用字根據典切

才豈堪治劇楚令尹之政或許告新望見有期
瞻依愈切

謝生日詩啟

蓬矢之祥雖世俗之所尚蓼莪之感迨衰老而
不忘豈謂某官意重瓊瑶文成黼黻推仁心而
錫類出妙語以噓枯攝提正於孟陬巳光初度
月宿直於南斗更借虛名永惟難報之珍但結
無窮之好

又曰喬松巨栢明月長庚影語俱切

賀林待制啟

伏審圖舊聖時壓華法從僉言諧允有識歎咨萬木歲寒配喬松於巨栢衆星夜艾凛明月與長庚斧藻昌期領袖後進傳聞四遠歡喜一詞恭惟某官名重弱齡望高晚節文章爾雅蓋西漢之餘風悃愊無華亦東京之循吏凢閱四朝而復用獨爲三館之老臣著書已成特未寫之琬琰立功何晚會當收之桑榆軾交舊最深慰

五聚曰蔣公殆究心禪学者耶

喜良甚尺書爲賀鄙志莫宣

賀蔣發運啟

伏審上計入覲拜恩言還擁節東南上寄一方之休戚考圖廣內示將大用之權輿凡在庇庥舉增忭躍恭惟某官受材秀傑秉德純忠蔚然西漢之文深厚爾雅展矣東京之吏悃愊無華雖已得正法眼藏於大祖師猶有一大事因緣於當來世固將入踐卿相坐致功名以斯道而

麓屏曰行伍森列自是節制之兵
聖俞曰以議論入駢偶中同方為珪遇圓成璧無所不到

結主知隨所寓而作佛事其竄流已久衰病相仍方稱慶之未皇忽移書之見及欣感之幸筆舌難宣

謝制科啟

臨軒策士方搜絕異之材隨問獻言誤占久虛之等忽從佐縣擢與評刑內自顧於無堪凛不知其所措恭惟致治之要惟有取人之難用法者畏有司之不公故舍其平生而論其一日適

鼇屏曰言之剴切殆非浮談蔓語

變者恐人才之未盡故詳於採聽而略於臨時茲二者之相形顧兩全而未有一之於考試而掩之於倉卒所以爲無私也然而才行之迹無由而深知委之於察舉而要之於久長所以爲無失也然而請屬之風或因而滋長此隋唐進士之所以爲有獘魏晉中正之所以爲多姦惟是賢良茂異之科兼用考試察舉之法每中年輒下明詔使兩制各舉所聞在家者能孝而恭

又曰才氣如長江大河一瀉千里

在官者能廉而慎臨之以患難而能不變邀之以寵利而能不回旣已得其行已之大方然後責其當世之要用學博者又湏守約而後取文麗者或以用寡而見尤特於萬人之中求其百全之美凡與中書之召命已爲天下之選人而又有不可測知之論以觀其默識之能無所不問之策以效其博通之實至於此而不去則其人之可知然猶使御史得以求其疵諫官得以

又曰收煞有力

考其素一陷清議輒爲廢人是以始由察舉而無請謁公行之私終用考試而無倉卒不審之患葢其取人也如此之審則夫不肖者安得而容軾才不逮人少而自信治經獨傳於家學爲文不顧於世知特以饑寒之憂出求斗升之祿不謂諸公之過聽使與羣豪而並遊始不自量欲行其志遂竊儁良之舉不知氣力之微論事迂闊而不能動人讀書疎畧而無以應敵取之

又曰贊續得
体

甚愧得而益慙此蓋伏遇某官德爲世之望人
位爲時之顯處聲稱所被四方莫不奔趨議論
一加多士以爲進退致玆庸末亦與甄收然而
志卑處高德薄寵厚歷觀前輩由此爲致君之
資敢以微軀自今爲許國之始過此以往未知
所裁

賀楊龍圖啟

伏審新改直職擢司諫垣傳聞邇遐竦動觀聽

又曰言者爲名而聽者徒能容真古今通獘

咸謂國家之鉅福乃用諫諍之真才必能深言以補大化方今朝廷之上號爲無諱而太平之美終不能全臺諫之列歲不乏人而衆獘之原猶或未去豈聽之者徒能容而不能用言之者但爲名而不爲功歷觀古人之效忠皆因當世而用智不務過直期於必行右尹子華因墳典而道祈招之詩左師觸龍語饘粥而及長安之質徒盡拳拳之意不求赫赫之名此仁人及物

又曰至此入手

之休功忠臣愛君之至分伏自頃歲所更幾人
席未煖而輒遷踵相躡而繼去一身之譏固足
以免矣而積歲之病當使誰去之恐習慣以爲
常遂因循而不振雖在僻陋顧常隱憂以爲必
得朴忠憂國之人而又加以辯智得君之術言
苟獲用國其庶幾伏惟諫院龍圖才雄於世而
常若不勝節過於人而未嘗自異素練邊事深
知兵驕頃持銓衡實識官冗必將舉大體而不

又曰用韓愈著諍臣論訊陽城事箴規處

又曰此啟較洒脱有致盖賀吴公與賀歐陽諸公位分自不同

論小事務實效而不爲虚名軾最蒙深知愧無少補方領耳以聽願續書諫苑之篇若有待而言或能著爭臣之論阻以在外無由至門踊躍之懷實倍倫等

賀吴副樞啟

頃聞休命擢領上都曾安坐之未皇已聲歡之布出即欲裁問少通勤拳以爲不久當有非常之聞是以未敢輕爲率爾之賀逮茲未幾果已

又曰結有進規意

如言釋府事之喧繁總兵權於禁密傳聞四遠歡喜一詞伏惟某官機略足以應無方而有朴忠沉厚之量文華足以表當世而有簡素質直之風置之於都會則其爲效也速而所及者廉委之於樞機則其成功也遲而所被者廣深惟賢者之處世皆以得時爲至難幸而得之或已老矣今以明　公之至盛正如大川之方增天下方將以未獲之事盡付於明公明公宜愛此不

貰之軀以畢其能事區區之意言不能勝

賀文太尉啟

伏審孚號揚庭臨軒遣使出節少府授鉞齋壇夷夏聳觀兵民交慶蓋功業盛大則極名器而後稱惟德度宏遠故舉富貴而若無蔚爲三世之宗臣豈獨一時之盛事恭惟留守尉丈人道本天合德爲人師信及二川之豚魚威加兩河之草木身任休戚言爲重輕始若留侯弱冠而

五聮日氣象崢嶸

遇高祖晩同尚父黄髮而亮武王旣奉冊書益
新民聽方將威懷北虜係頸長纓約束河公執
流故道然後入調伊傳之鼎歸躡松喬之游輿
論所期斯言可必軾謫官有限趨侍無緣踴躍
之心宣寫難盡
鳳翔到任謝執政啟
違去軒屏忽已改歲向風瞻戀何翅饑渴前月
十四日到任翌日尋已交割訖軾本凢材繆承

鼇峰曰的是鄭俠繪流民圖

選取忽從州縣便與賓佐揣躬自省豈不媿幸

伏自到任巳來日夜厲精雖無過人庶幾寡過

伏惟昭文相公素所奬庇曲加搜揚既蒙最深

之知遂有自重之意所任僉署一局兼掌五曹

文書內有衙司最爲要事編木栰竹東下河渭

飛芻輓粟西赴邊陲大河有每歲之防販務有

不蠲之課破蕩民業忽如春氷于今雖有優輕

酬奬之名其實不及所費百分之一救之無術

又曰署置必均亦是尔時無聊之計若長公當日才得自展想更有救時之術在

坐以自慙惟有署置之必均姑使服勞而無怨過此以往未知所裁

定州到任謝執政啟

燕南趙北昔稱謀帥之難尺短寸長今以乏人而授幸此四夷之守忘其一障之乘坐食何功捫心知愧伏念軾愚忠自信朴學無華孔融意廣才疎訖無成効稽康性褊傷物頻致怨憎叨逢聖世之休明未分昔人之憂患故求散地以

又曰時張蔡之徒已以紹述為名盡貶斥元祐諸賢長公之出知定州蓋岌岌乎有憂色矣故謝啓中時帶悲涼之意

養衰年終成命之莫回悼此心之未亮伏惟某官躬行周孔力致唐虞燮和天人方遂萬物之性虛受海宇固容一介之微眷此餘生實無他望老如安國既倦北平之遷惷比方回終有會稽之請歸依之至筆舌奚周

回蘇州黄龍圖啓

伏審政成京口詔徙吳都眷惟疆境之隣首被風聲之美亟蒙音誨良慰望思伏惟某官賦才

敏明秉德仁厚踐揚臺省既久簡於上心偃息江湖尚歷試以民事仰膺殊用以協羣言欣頌之誠口占難盡

代大中公賀歐陽樞密啓

伏審拜恩王庭署事兵府非徒儒者之盛節貴爲天下之殊休苟居下風孰不欣抃切以國家分設二府紀綱百官凡奉法循令所以撫民於內者皆效節於中書秉義蹈忠所以捍城於外

五聚曰撫内捍外說得如許相關

一葵曰言者不諂受者不怍

者皆受制於樞密未有不能文而能幹兵事未有不知兵而能爲宰臣職雖或偏道未始異葢近古之制兵農混於一民自漢以還文武分爲二職所上者係乎其世所長者存乎其人求其兼通豈復容易恭以樞密侍郎名冠當代才雄萬夫通習世務而皆有本源講明經術而不爲迂闊擢居大位實快羣心武夫悍卒自以爲盡得其才賢士大夫皆以爲得行其道某分守遠

郡寓君近畿仰大賢之登庸助率土之歡詠

蘇長公啓目卷二

謝制科啓
荅館職啓
楊州到任謝執政啓
荅許狀元啓
謝秋賦試官啓
謝韓舍人啓
謝王內翰啓

潁州到任謝執政啟
賀彭發運啟
上監司謝禮啟
賀鄰帥及監司正旦啟
荅丁連州朝奉啟
荅陳提刑啟
荅彭賀州啟
荅臨江軍知軍王承議啟

荅王幼安宣德啟
求婚啟
謝交代趙祠部啟
賀孫樞密啟
謝求婚啟
賀正啟
賀冬啟
賀正啟

謝孫舍人啟

荅新蘇州黄龍圖啟

荅曾舍人啟

荅秀州胡朝奉啟

上虢州太守啟

賀時宰啟

下財啟

荅求親啟

與邁求親啟
黃州還回太守畢仲遠啟
賀提刑馬宣德啟
上執政謝獎諭啟
上留守宣徽啟
荅杜侍郎啟
謝本路監司啟
定州到狀

謝監司啟
賀高陽王待制啟
賀青州陳龍圖啟
謝太使土物啟
謝管設大使啟
賀新運使張大夫啟
荅喬舍人啟
謝右史啟

徐州謝隣郡陳彦升啟

湖州上監司先狀

麓屏曰慷慨激烈有味乎其言之也

蘇長公啟卷二

謝制科啟

軾以薄材親承大問論議羣起予奪相乘不意
聖恩之曲加猶獲從吏之殊寵伏讀告命重積
震惶嘉其愛君之心期以克終之譽辭不獲命
媿無以堪某生於遠方性有愚直幼承父兄之
餘訓教以強巳之力行雖爲朝廷之直臣常欲
挺身而許國位卑力薄自許過深言發譴生事

五聯曰文氣悠揚

勢宜爾追尋策問之微意實皆安危之大端自
謂不及則曰志勤道遠開其不諱則曰無悼後
害竊以制策之及此又念科目之謂何罄其平
時之所懷猶懼不足以仰對言多迂濶罪豈容
誅伏以國家取人之科惟是剛柔適中之士太
剛則惡其狷狂不審太柔則畏其遜懦不勝將
求二者之中屬之以事固非一介之賤所或能
當某之不才過乃由此然而訐切憤悱爲知士

麓屏曰一腔熱血淋漓楮墨間

之所不許因循鹵莽又有國之所樂聞使舉世將以從容而自居則天下誰當以奮發而爲意此蓋某官羽翼盛時冠冕多士思盡蒭蕘之議以明寛厚之風羈危之所恃以爲無憂紛紜之所恃以爲定論顧惟無似尚辱甄收感恩至深求報無所昔者西漢之盛莫如文景孝武之賢制策所興世稱晁董公孫之對然而數子者頌詠德美而不及其譏刺故三帝者好愛文字而

無聞於寬容豈其時君不可爲之深言抑其羣
臣亦將有所不恍某才雖不逮時或見容非懐
爵祿之榮竊喜幸會之至

答館職啟

伏審奉詔明廷陞華冊府國有得賢之慶士知
稽古之榮虎觀石渠極諸儒之妙選鼇宫金闕
笑方士之遠求自喜六年獲觀盛事某官學本
自得道惟造深溫故爲君子之儒多聞推益者

之友奇字可學知子雲之苦心亡書復存賴安世之默識不試而用知賢則深軾方此賜環遽承枉駕沐誨音之巳厚愧馳謁之未遑

楊州到任謝執政啟

擇地而安本非臣子之達節有求必獲足見廟堂之兼容釋汝潁之清閑當江淮之衝要舊游所樂習俗相諳巳見吏民具述朝廷之意不爲條敎自然獄市之清此葢伏遇某官師保斯民

鹿屛曰他人殫力不能道着長公惟以輕机快語出之盖四六中之俊鶻也

蓍龜當代折衝禦侮已獲萬人之英補隙輔疎更收一木之用軾敢不益求民瘼勉盡鄙才但未歸田之須臾猶思報國之萬一

答許狀元啟

伏以賢俊之士固將有以挾持富貴之來豈能爲之損益昔者在貧賤之辱所有無以異於今一朝居豪傑之先而人然後知其貴伏惟狀元僉判廷評以粹美之質負傑異之才自遠方而

又曰四語形容曲盡

遊上都以一日而蓋天下士既望風而知不敵人皆斂衽而謂當然苟非素與交遊之流安敢輕爲賀問之禮不期謙抑過錄庸虛忽承牋牘之臨皆自聽聞之誤禮非所稱媿靡自任先皇帝未明求衣久已格於至治洮盥憑几尚不忘於選賢庸登哲民以遺後聖雖喜車旌之召旋輿弓劍之悲臣子之心遠邇若一即日承已拜命計將就塗念展謁之何時徒向風而承望謹

五聚曰氣脉流轉不為偶律所拘唐四六体至此盡変矣

六弘曰說得盡興

五聚曰仕學分為二途當

奉啟陳謝不宣

謝秋賦試官啟

伏以聖人設文章之教本以御民君子在野田之間亦學爲政故知禮樂者可與言化通春秋者長於治人葢三代之所常行於六經可以備見事爲之制曲爲之防使學者皆能明其心則天下可以運諸掌降及近世析爲二塗凡王政皆出於刑書故儒術不通於吏事惟其所以治

今通弊

麓屏曰切中

民者固不本於學而其所以為學者亦無施於民遊庠校者忘朝廷讀法律者捐詩賦場屋後進挾聲伎以相夸王公大人顧雕蟲而自笑舊學無用古風遂忘終始之意曾不相沿貴賤之間亦因遂淵下之士有學古之志而無學古之功上之人有用儒之名而無用儒之實顧茲媮弊常竊憫嗟苟非當世之大賢孰拯先王之墜典伏惟某官才出間世志存生民曩在布衣能

又曰纍纍可頌

通天下之務旋居要職又爲儒者之宗明習政事而皆有本原守持經術而不爲迂濶世之系望上所深知輟自朝聯付之文柄命題甚易而不肖者無所兼容用法至寬而犯令者未嘗苟免觀其發問於策足以盡人之材講求先聖之心考其詩義深悲古學之廢訊以歷書條任子之便宜訪成均之故事不泥於古不牽於今非有苛碎難知之文將觀磊落不羈之士使天下

知文章誠可以制治知聲律不足以入官失之者固因而自新得之者不至於捐舊疇昔所欲於今遂忘軾才無他長學以自守爲文病拙不能當世俗之心奏籍有名大懼辱賢材之舉黜然如畀之羽翼追逸翮以並遊沛然如假之舟航臨長川而獲濟偶緣大庇粗遂一名方將區區於簿書米鹽之間碌碌於塵埃箠楚之地雖識恩之所自顧力報之未由感懼之懷不知所

五聚曰恩法兩字是一篇之眼

又曰關鍵甚密

措

謝韓舍人啟

古者至治之世天子推恩以收天下之望有司執法以繩天下之媮蓋不推恩則無所兼容不執法則有所僥倖有司推恩而求名則侵君之權天子執法而責實則失民之望爲君者常病於察爲臣者又失之寬古之明天子信其臣而不惑於多言故有司執法而無所忌古之良有

司憂其君而不卹於私計故天下歸怨而不敢
辭况欲選材而置官是將教民而圖任唯所利
國豈容樹恩今聖上推不忍之心使賢愚皆遂
其所欲而大臣用至明之法使工拙不至於相
淆嚮者哀憐老儒故爲特奏之令憫惻連坐又
開別試之塗此天下所以詠歌至仁鼓舞盛德
君臣之體夫豈同條伏惟舍人執事爲時求材
愛國忘巳所圖甚遠將深計於安危自信至明

又曰照應

叢屏曰此言取士之難

曾不幸於毀譽變苟且依違之俗去浮僞嚚譁之文罷黜俗儒動以千計講通經術得者九人顧兹小才偶在殊選惟天子推恩如此之厚惟大臣執法如此之堅將天下實被其休功豈一夫獨遂其私願感荷激切不能自勝

謝王內翰啟

竊以取士之道古難其全欲求倜儻超拔之才則懼其放蕩而或至於無度欲求規矩尺寸之

又曰此言本朝取士有法

士則病其齷齪而不能有所爲進士之科昔稱浮剽本朝更制漸復古風博觀策論以開天下豪俊之塗精取詩賦以折天下英雄之氣使齷齪者望而不敢進放蕩者退而有所裁此聖人所以罔羅天下之逸民追復先王之舊迹元臣大老皆出此塗伏惟内翰執事天材俊麗神氣横溢奇文高論大或出於繩檢比聲協句小亦合於方圓蓋天下望爲權衡故明主委之黜陟

軾之不肖與在下風顧惟山野之見聞安識朝
廷之忌諱軾亦恃有執事之英鑒以爲小節之
何拘執事亦將收天下之遺才觀其大綱之所
在縣置殊等寔聞四方使知大國之選材非顧
當時之所恱眇然陋器雖不能勝多士之喧言
卓爾大賢自足以破萬人之浮議方將奔走厥
職厲精乃心苟庶幾無朝夕之愆以辱知巳亦
萬一有毛髮之效少荅至仁感懼之懷不知所

措

頴州到任謝執政啟

入叅兩禁每玷北扉之榮出典二邦輒爲西湖之長皆緣天幸豈復人謀惟汝水之名邦乃裕陵之故國人醇事簡地壤泉甘豈惟暫養於不才抑亦此生之可老恭惟某官嘉猷經世茂德範時元老廟堂自有權衡之信餘生江海得同品物之安感佩之私筆舌難旣

五騤曰詞理清真組繪者不能道

賀彭發運啟

伏審拜詔十行觀風六路允符公論克振先聲恭承曩昔之隆得與屬城之末瞻依有素感慰居多伏惟發運吏部年兄士聳英風時推舊德用久淹而未盡才歷試而愈高船滿潭中行奏韋堅之課錢流地上佇觀劉晏之能喜抃之深力占難盡

上監司謝禮啟

儷屏曰分光獲潤此亦感德常語添一無盡之光不知之潤則感荷倍常矣

燕南趙北昔爲百戰之塲地利人和今乃四夷之守觀累朝之命帥皆一代之名臣豈謂寵榮曲加疲陋顧吏民之易治幸衰拙之少安此葢伏遇某官碩德庇民宏才緯世餘膏所燭常分無盡之光蒙霧而行坐獲不知之潤眷言朽鈍未遂頓擠勉加策勵之勤少荅吹揚之賜

賀隣帥及監司正旦啟

新曆既頒蓋履端歸餘之歲羣情交泰正贊陽

又曰吐語便悽其可涕

又曰言簡意佳欲尋端覔迄無探索處耳

出滯之辰恭惟某官厚德鎮浮高名華國非獨疇咨之用巳簡上心更膺難老之祥以符民望官守所限展慶無由欣頌之深敷陳罔旣

荅丁連州朝奉啟

七年遠謫不知骨肉之存亡萬里生還自笑音容之改易久恬颸霧稍習蛙蚳自疑本儋崖之人難復見魯衛之士而況清時雅望令德高標固巳聞名而自懋蓋欲通書而未敢豈謂郗郡

鹿門曰此以下竄南海時所作

朝奉仁無擇物義有逢時每憐遷客之無歸獨振孤風而愈厲固無心於集菀而有力於噓枯遠移一紙之書何啻百朋之錫過情之譽雖知無其實而愧于中起廢之文猶欲借此言以華其老窮途易感永好難忘

答陳提刑啟

久竄島夷偶未書於鬼錄逃歸空谷固喜聞於足音況清廟瑚璉之姿爲明堂杞梓之用欲聞

名而未敢豈流問之或先恭惟提刑刑部才高
一時望重多士參諸儒之德業緣飾政刑漢循
吏之風流本源經術暫屈雲霄之步來蘇嶺嶠
之民憐遷客之無歸墜尺書而起廢助其羽翼
借以齒牙但憂枯朽之餘難副吹嘘之力旣感
且怍不知所云

答彭賀州啓

寡流海國朓身魑魅之林洒掃眞祠拜賜散人

（眉批）叟曰此必新

念放歸時所作

又曰以編管而逢故知情詞婉然

之號喜歸田之有漸悼報國之無期方自愧於心顔敢聞名於左右豈謂某官曲敦雅好深軫窮途賜以尺書借之餘論温詞曲盡賢於十部之見臨陋質增華果已五漿之先餽但慙衰朽虛辱品題敬佩至言永以爲好

答臨江軍知軍王承議啓

泮水受成繆膺桑梓之敬海邦畫諾又觀枳棘之栖多難百罹流年半世恍如昨夢復見故人

麓屏曰此啟吐露情緒跌宕有致

鹿門曰亦自澹宕

伏惟知郡承議居以才稱進由德選淵源師友舊仰鄭公之高歌詠風流近傳邵父之繼不怠疇昔曲賜拊存豈獨憐衰朽而借餘光蓋將敢風義以勵流俗感佩之至筆舌難周

答王幼安宣德啟

俯仰十年忽焉如昨間關百罹何所不有頃者没外澹乎蓋將終焉偶然生還置之勿復道也方將求田問舍爲三百指之養杜門面壁觀六

麓屏曰飄然之趣見于言外

又曰懇款備至

十年之非豈獨江湖之相忘蓋已寂寥而喪我不謂某官講修舊好收錄陳人粲然雲漢之章被此枯朽之質欲其洗濯宿負激昂晚節粗行平生之志少慰朋友之望此意厚矣我心悠哉如焦穀芽如伏櫪馬非吹噓之所及縱鞭策以何加藏之不忘永以爲好

求婚啓

結縭早歲已聯昆弟之姻親垂白南荒尚念予

孫之嫁娶敢憑良妁往欵高閎軾長子某之第
二子符天質下中生有蓬麻之陋祖風綿邈庶
幾丐治之餘伏承故令弟子立先輩之愛女第
十四小娘子禀粹德門教成家廟中郎墳典之
付豈在他人太真姑舅之婚復見今日仰緣夙
契祇聽俞音

謝交代趙祠部啟

近審新命屈領此邦名實所加吏氏交慶夫何

鴛蹇之步偶兹糠粃之先雖甚内慙實爲大幸
恭惟某官清名肅物雅望在人以博學而濟雄
文以高才而行直道久試蕭生於馮翊尤煩長
孺於淮陽眷此東原幾爲大澤尚呻吟之未復
豈罷陋之所堪望公之來以日爲歲祝頌之素
寫述難周

賀孫樞密啟

伏審對揚綸綍進領樞机道不虚行必頼股肱

又曰体在詞雄若氷蚕嘔處費天絲之織

之力人惟求舊允符夷夏之瞻恭惟其官德充山甫之將明氣備孟軻之剛大聲華傾於衆望功業見於有爲擁節常山遠過長城之備剸繁京兆遂令鳴鼓之稀公議益崇貴名愈白用致非常之命以圖保大之勲惟時運籌既壯王猷之塞佇觀秉軸更堪帝載之熙其限以郡符阻趨墻仍欣抃之至徒切下懷

謝求婚啟

五岳曰簡而文

麓屏曰對狀精工

又曰議論大而確

敢議婚姻蓋恃鄉閭之末遂忘門閥亦緣聲氣之同龜筮既從祖考咸喜伏承令子俱二小娘子慶闈擢秀豈獨衞公之五長而某第二子某駑質少文庶幾南容之三復恭馳不腆之幣永結無窮之歡悚怍于懷敷述罔旣

賀正啓

伏以物壯則老肅殺所以成歲功否終必傾反復然後知天意凡在含生之類俱有向榮之心

恭惟某官履信體仁秉德植義才無施而不可
道得時而愈隆方當彙征元吉之辰宜享旣醉
太平之福某限居官守阻候門墻瞻頌之深敷
宣罔旣

賀冬啟

伏以候緹室之清宫瞽告以日卜臺觀之黄祲
史書有年共安消長之來以待陰陽之定恭惟
某官才猷傑異道德深醇靖共正直之休順獲

六弘曰葦桃一聯括盡代謝乘陰之景

天人之助某恪守官次阻稱壽觴坐馳傾向之心莫罄安榮之遇

賀正啟

伏以葦桃在戶磔攘以餞餘寒椒柏稱觴燔烈以興嗣歲在時爲泰與物咸新恭惟某官德治斯民才高當世迹難淹於外補望已隆於本朝慶此朋來之辰必有彙征之福某官守所繫展謁無階頌咏之深敷寫難盡

麓屏曰怒罵詈恚皆成珠玉

又曰豪邁逼人

謝孫舍人啟

拜命中宸代言西掖聳聞中外交慶士夫竊惟
二聖之心蓋以多士爲急滅烽仆鼓而以將帥
爲藩垣抵壁捐金而以公卿爲帑廩蓋樽俎有
折衝之恃則藜藿無見採之憂某官瑚璉之才
杞梓其用學不專於爲己才已效於臨民穆如
清風草木皆靡炳然白日霰雪自消茲爲收拾
之儲豈特絲綸之任不遺衰朽過辱緘封永歎

六弘曰瀏蕩濃郁風雅高華

爲好之懷深負難酬之作

答新蘇州黄龍圖啟

伏審光膺詔函移牧吳會先聲所被惠政已孚自顧妄庸敢論疇昔旣聯法從之末又竊鄰光之餘金華玉堂帝左右之高選武林茂苑江東南之要藩雖才分濶絶於賢愚而步武差池於先後其爲喜幸宜倍等流伏惟某官文秀士林才任國器學已試而可用望久養而益隆偃息

均勞叔虔莫窺於萬頃治行稱首次公行踐於
三槐潤澤所加迂愚有託辱移書之周厚實借
寵於衰遲銘感之深筆舌難喻

答曾舍人啟

伏審顯膺制命榮進掖垣風聲所加中外同慶
伏以取才之道自昔爲難惟君子之所爲固衆
人之莫識奢儉異俗不害徐公之有常用舍皆
天孰知令尹之無喜某官異材秀出博學名家

麓屏曰風韻洒然

世以文鳴遠繼父兄之業早緣德進簡在裕陵之心今乃援而進之論者惜其晚矣訓詞一出皆丹青潤色之文老拙自降有糠粃在前之歎過蒙寵顧辱示華牋恨無酬德之言徒有得賢之慶感怍之素寫述難周

答秀州胡朝奉啓

伏審初見吏民首行條教隣封甚邇欣謡頌之藹然緘牘先蒙愧勞謙之過矣某官望推朝論

龐昇曰冲雅懇至

又曰縟翠落亨

才映士林用巳試於盤根所居見紀政方觀於
餘地不令而行某待罪江湖苟安衰病春言一
郡幸擊柝之相聞矜式百爲知伐柯之不遠其
爲欣詠難盡名言

上虢州太守啟

伏審光奉宸恩寵分郡寄惟此山河之勝宜膺
師帥之權凡在庇庥莫不欣忭切以弘農故地
虢國舊邦周分同姓之親唐以本支爲尹富庶

于詞林發鮮葩于筆苑此啟亦復如是

雅高於二陝鶯花不謝於三川韓公三十一篇風光咸在賈島五十六字景色如初有洪淄灌瀧之饒被女郎雲雨之施四時無旱百物常豐寶產金銅充仞諸邑良材松柏贍給中都至於事簡訟稀瀟灑有道山之況魚肥鶴浴依稀同澤國之風自匪巨賢不輕假守故來者未嘗淹久而優恩巳見遷除非總一路之轉輸則入六曹而侍從前人可考新命何疑伏惟御府某官

學造淵源道升堂奥精祲盡天人之蘊高明窮
性命之微中外屢更功名茂著銅虎暫淹於百
里朱轓聊寄於三堂仰望精微俯臨民社共徯
星言而夙駕思承道化乎其民某仕版寒蹤賔
僚俗吏久仰圭璋之望素欽星斗之名豈謂此
時獲依巨庇惟良作牧已興來暮之歌謠有隕
自天惟恐別膺於綸綍無任丹懇倍切馳情

賀時宰啟

又曰駢偶工緻識學淵宏真四六之鼻祖也

伏審光膺考慎峻陟宰司孚號揚廷士識上心之所尚置郵傳命人知聖澤之將流靡不欣愉至於鼓舞恭以某官直方以大廣博而良進以正而正邦異乎求以求政貫六經百子之學煥三代兩漢之詞鼎禀自殊偉蕭侯之八尺斗南莫競凜梁公之一人加以絕識見微曠度舉遠清心省事則法可使復結繩之約強本節用則貨可使若流泉之長材無不可範而成也譬泥

之在鈞俗無不可易而善也猶風之靡草是皆
還至而有效安見爲事而無功葢神考貽謀已
完具而可按故成王纘要宜纖悉以勿加此大
雅兼持而不移矧清衷圖任之愈篤豈繄疎逖
所獨詠歌惟民罔知合語則聖凡有詔令率先
惠慈固已遐邇爭傳室家胥慶顧此民逢此日
之何幸謂吾相勸吾君以愛人歡聲格於九天
乖氣消於萬彙在昔小國如彼景公捐巳一言

又曰言〻有根據

又曰出經入史畧無斧痕大爐冶在中故也

又曰雋語

退星三舍又況以禹湯大信之誥有夔契同寅之言蠢爾憑生猶知助順赫赫然在上豈不降康某愚有赤心老無佞舌輒忘犯分顧欲輸誠然有難言是在精智蓋無交而莫與苟好謀則必成不惡而嚴匪怒伊教終成大賴豈曰自私伏念某遭時休明賦命衰薄蚕粗蒙於遴選比久幸於退藏天雨何私笑流行之木偶滄溟不改嘆自蕩之波臣重以傾歲周旋竊嘗撰屨未塗

流落無復掃門豈賴補息劓黥彫污糞朽出蔀
見日去盆望天悵未力之將殫愧明恩之莫報
乃利用安身之何有儻奉法循理之可爲民社
非輕猶承宣而惴惴天淵靡外亦戾躍以欣欣
某限以在外不獲躬詣省庭預百執事賀鈞屏
下情無任

下財啟

夙緣契好獲媾婚姻顧門閥之雖微恃臭味之

五聚曰登龍
數馬切對

不遠敬陳納幣之禮以行奠雁之儀庶徼福于
前人永交歡於二姓

答求親啟

藐爾諸孤雖本軒裳之後閔然衰緒莫闌纂組
之功伏承某人儒術飭修鄉評茂著許敵兄弟
之好永結琴瑟之歡瞻望高門獲接登龍之峻
恪勤中饋庶幾數馬之恭

與邁求親啟

里閈之遊篤於早歲交朋之分重以世婚某長子邁天資朴魯近憑遊藝之師傳賢小娘子姆訓夙成逺有萬石之家法聯申不腆之幣願結無窮之歡

黄州還回太守畢仲逺啟

五年嚴譴巳甘魚鳥之鄉一舸生還復與縉紳之末屢將通問輒復自疑方茲入境之初遽巳

六弘曰流水之音韻度自别改不在現璋

誨音之辱披緘驚眩撫巳汗惶恭惟某官師帥斯民表儀多士道德龔黄之右牢圄坐空風流王謝之間嘯歌自得豈特居人之安堵固將遷客之忘歸路轉湖陰益聽風謡之美神馳鈴下如聞謦欬之音瞻詠實勞敷宣罔既

賀提刑馬宣德啟

奉命按刑捧節入境吏民相慶巳戴二天之仁衰病自私獨先一日之雅恭承榮問有激懦衷

麗屏曰按公徙徐州水患大作及徐州城下公詣武衛營呼卒長爲盡力卒長曰太守猶不避塗潦吾儕

伏惟某官才映士林望高朝論治行聳聞於中外家聲洋溢於縉紳眷三吳之疲民困連年之積潦疇咨明哲宣布厚恩匪惟凋瘵之獲蘇抑亦庸虛之知勉其爲喜幸豈易名言

上執政謝獎諭啟

事有服勤此實守臣之職功無可錄遽膺褒詔之榮聞命惟驚反身自愧伏自河失故道遺患及於東方徐居下流受害甲於他郡比緣衆力

小人當效命命率其徒持畚鍤以出遂築東南長堤雨日夜不止城不沈者三版復請于朝增築故城為木岸以虞水之再至

獲保孤城灑沈澹災無補洪源之塞增卑培薄僅循下策之施敢圖天聽之卑乃辱璽書之賜茲蓋伏遇某官左右元聖師保萬民方以一夫不獲爲己羞故衆人皆樂以善告遂緣過聽致此曲恩某敢不秪服訓詞益修吏職深自策其駑鈍庶有補於涓埃過此以還罔知所措

上留守宣徽啓

右某啓少年游學方成都樂職之秋壯歲效官

又曰說得可憐

六弘曰意興深至故不覺為此楚語

復淮陽臥理之日剡雷都之清淨眷幕府之優閑再枉辟書重收孤迹哀憐廢棄之久誰復肯然綢繆樽俎之歡亦非偶爾伏惟雷守宣徽大尉才高一世望重屢朝體河嶽之兼容納涓塵而不間衣食有奉已寬晝室之憂道德照人况復終身之幸其爲感激難盡敷陳

答杜侍郎啟

伏審荐膺天寵榮貳卿曹士友喜於彙征朝廷

爲之增重伏惟兵部侍郎温文亮達宏遠清通直道不回貫今昔而無愧處躬自厚蹈世俗之所難事愈練而益明用雖晚而必濟自聞休命實起懦衷遽承問訊之先益佩謙光之過

謝本路監司啓

多病早衰屢有江湖之請誤恩過聽遂分疆埸之憂才無取於折衝愧已深於卧鎮敢緣厚德尚許兼容伏惟某官名重搢紳望隆中外承宣

五聚曰僅僅百餘字而鋪情叙事纖悉

帝澤民忘流殍之災肅振臺風吏若親臨之畏顧惟朽鈍得奉敎條但交欣悚之懷莫罄瞻依之頌

定州到狀

得請近籓假塗治境即諧披奉預切忻愉

謝監司啟

伏念傾蓋若故雖自慰於宿心盡言非書故未紓於誠意即膺寵復實佩謙光退屬紛縈遂疏

上記遽叨榮問徒益厚顏恭惟某官造道惟深養氣以直理財不愆於義行法不失其恩竊聆下風倍仰仰厚德不圖幸會遽隸屬封吏畏民懷旣仰安於明哲心勞政拙庶粗免於譴訶喜抃至深敷陳莫罄煩歊尚熾叅對未期伏冀精順別卽迅召

賀高陽王待制啟

伏審顯奉恩綸榮更帥閫鎮武垣之衝要聯內

閣之高華公議交俞貴名愈白恭惟某官膺天大任於時有爲發揮才謀更歷事任道能濟而不過事雖難而不辭簡在聖心遂益柄任峻登祕近之直重易關防之雄有恩有威方結東人之愛允文允武更紓北顧之憂即觀成功進陟近輔

賀青州陳龍圖啟

伏審光奉詔書任司留憲漢恩予告暫優三最

麓屏曰只數語亦自曲折

之勤商夢懷人方溪巨川之濟於公自計爲喜可量伏惟某官文武憲邦忠嘉致主衆謂老成之託孰逾舊學之賢而乃力謀退安示有疾病揮金故里雖榮疎傅之歸雅意本朝日望蕭公之入無由追餞徒切瞻依

謝大使土物啟

伏審揚舲造朝弭節就舍歸時事於宰旅方勞遠勤發私幣於公卿亦蒙見及莫遑辭避但切

感銘

謝管設大使啟

鳴鹿食野方主禮之粗陳驪駒在門歎賓歡之莫盡遽辱移書之重益慙爲具之疎即遂顧言徒增銘佩

賀新運使張大夫啟

伏承抗旌入境揆日臨民方一節之風馳已列城之雲靡矧惟雅故尤激懽悰伏惟某官早以

麓屏曰駢語純用議論此

異材著聞美績議法造令久裨於廟謨宣化承流益試之民事自聞新命實慰輿情再惟衰朽之餘得荷寬明之庇其爲厚幸未易究陳

荅喬舍人啟

某聞人才以智術爲後而以識度爲先文章以華采爲末而以體用爲本國之將興也貴其本而賤其末道之將廢也取其後而棄其先用舍之間安危攸寄故議論慨慷則東漢多徇義之

四六之變体也

夫學術夸浮則西晉無可用之士與言及此太息隨之元祐以來眞人在位益與多士以出異材眷惟淮海之英久屈江湖之上迨茲顯擢實慰輿情伏惟某官名重儒林才爲國器深厚爾雅非近世之時文直諒多聞葢古人之益友代言未幾華國著稱豈惟臺省之光抑亦邦家之慶過蒙疏示深服撝謙顧憊衰病之餘莫究欣承之意

五聚曰婉轉清便

麓屏曰長公之自期自不薄

謝右史啟

比者誤被聖恩軫及棄物起於貶所付以名藩牧養疲民曾未施於薄效躋攀近侍已再被於寵光祿既多則功不可徼職既崇而責猶當重顧懇辭之莫獲念圖報之未能方以爲憂敢辱見慶此蓋某官德惟樂善志務達人重緣姻好之私責以文詞之美捧讀數四退增愧懟屬春候之向和宜福祿之益固未遂披奉但切傾懷

徐州謝隣郡陳彥升啟

受代膠西甫違仁庇分符泗上復託恩私祗見吏民布宣條教郡有溪山之樂庭無爭訟之煩曾何妄庸獲此僥倖此葢其官紀綱千里儀表一方議論信於中朝予奪公於多士衰罷無術旣常荷於兼容勉厲自將或無忝於知遇感懼之素敷染難宣

湖州上監司先狀

弭禕江郊聳聞風采馳神德守若奉誨音欣抃
之深敷宣莫究

蘇長公密語十六卷首一卷（首卷—卷五）

（宋）蘇軾　撰
（明）李一公　輯
（明）王聖俞等　評

明刻朱墨套印本

原書高二十九點五釐米，寬十七點九釐米；
板框高二十一點二釐米，寬十四點三釐米。

東坡密語引

余自東髮習伊吾即奉先博士教日讀蘇長公文數篇時從强記然無有得也迨壯愈讀愈

知玩味於是伏而味其
文之美飛美舞絕絲
貫思索而汩汩乎其傾
儲以出也因密而會其
神之至恬至淨絕無少

罣礙而栩栩乎其淩空
而上也依稀乎余家論
仙之致千載而一見焉余
居恒以長公證論仙因
以論仙與長公自證自

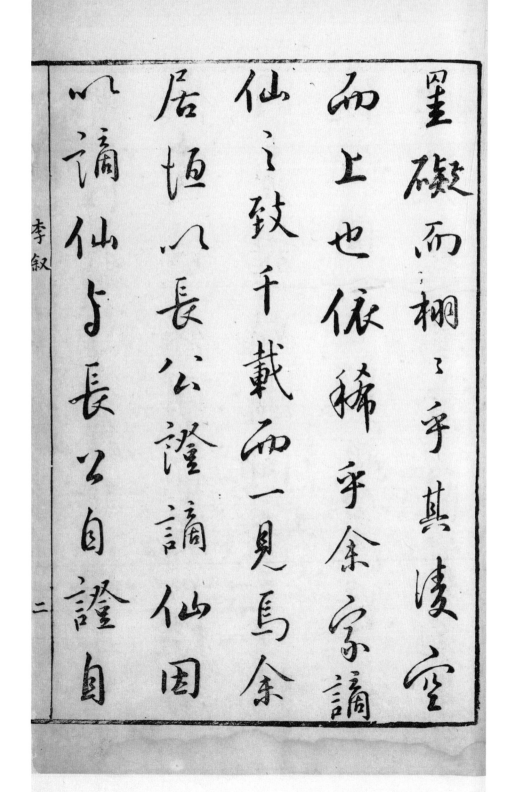

覺性習頗有相似焉者
佻達任放同擴莊坦易
同喜譚好遊同論議播
從亦同至隨所歷境而
嬉笑怒罵莫非文章

則長公与謫仙無不同而余獨自愧不能同以是讀其文每意其人意其人愈不能無意其文慨然曰文字仙派余祖仙

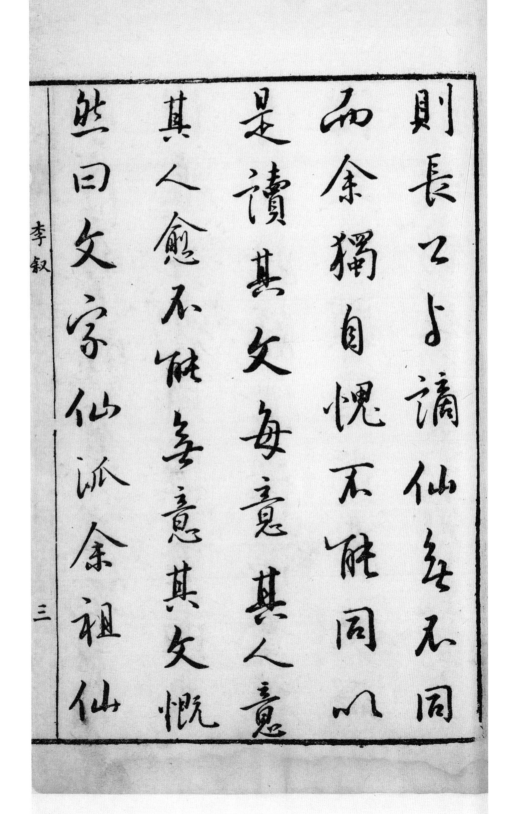

淵之不至終長亡而無
繼長亡而後遂無長亡
与因姑略其論繁奏疏
諸文之題易窺者而獨
取頌偈銘贊記傳諸文

之寂沉密者時密之佩
服不置既乃遍緝諸名
公許選附錄參証時子
悠然有所會焉以為文
字祖派統是矣殆長

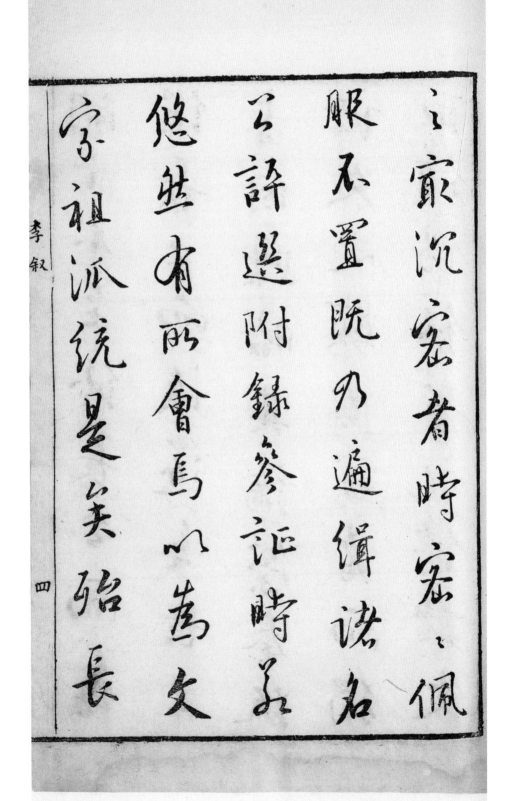

公所為千載而一見者耶
遂深自秘密從未輕以
示人至是兩兒子長矣
因欲以先博士之課余
者課兩兒子乃出是編

遼寧省圖書館藏
陶湘舊藏閔凌刻本集成

援之曰此余家密諦也其密佩之兩兒子跪請曰祖仙詩文顯示今古不聞其密秘之也然千載而下密證之在心而顯出之

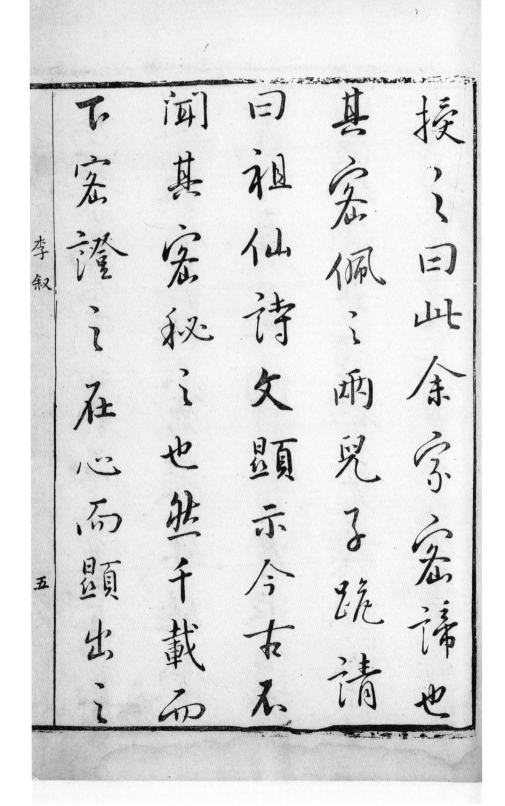

為語者激長以莫与焉
則文何題密是在雖者
會之耳且釋字有密語
無密義題密又孰從岐
之閒是遂俾題諸梓

旹居
天啓元年辛酉歲孟
秋吉旦姑孰峩園
居士李一公書於
秣陵之種文堂

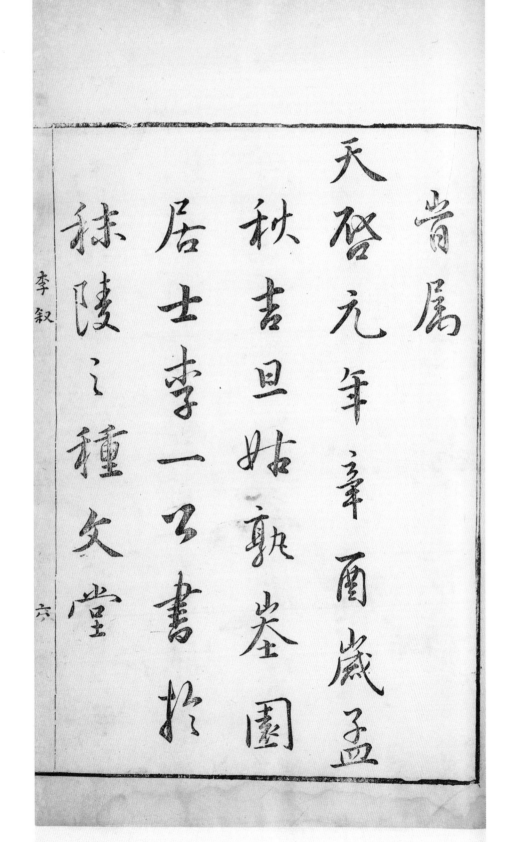

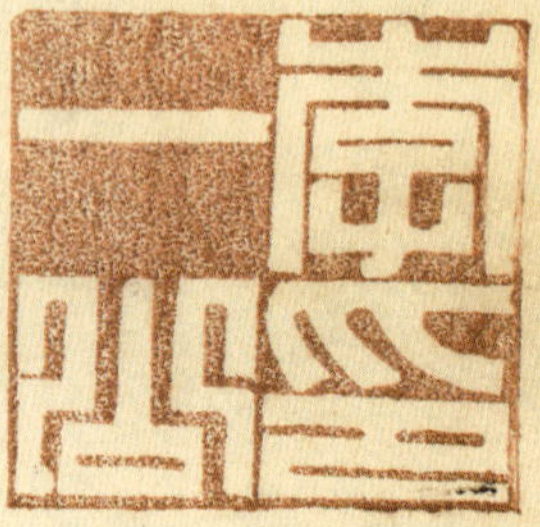

蘇長公密語目錄

首卷

本傳

像贊

自評

蘇長公密語目錄

卷一
詩賦
息壤詩
顏樂亭詩
天慶觀乳泉賦
灩澦堆賦
屈原廟賦

黠鼠賦
秋陽賦
赤壁賦
後赤壁賦

蘇長公密語目錄

卷二

銘

九成臺銘
大别方丈銘
澹軒銘
夕庵銘
夢齋銘

蘇程庵銘
遠遊庵銘
四達齋銘
桄榔庵銘
菩薩泉銘
卓錫泉銘
參寥泉銘
六一泉銘

漢鼎銘
法雲寺鍾銘
大覺鼎銘
自然端硯銘
天石研銘
邁研銘
鼎硯銘
黄魯直所惠洮河硯銘

鼎硯銘
文與可琴銘
文勛篆銘
却鼠刀銘
徐州蓮華漏銘
廣州東莞縣資福寺舍利塔
惠州官葬暴骨銘

蘇長公密語目錄

卷三
頌偈
十八大阿羅漢頌
阿彌陀佛頌
觀世音菩薩頌
石恪畫維摩頌
荅孔君頌

禪戲頌
魚枕冠頌
靈感觀音偈
送壽聖聽長老偈
十二時中偈
南屏激水偈
木峰偈
觀藏眞畫布袋和尚像偈

地獄變相偈
養生偈
朱壽昌梁武懺贊偈

蘇長公密語目錄

卷四

贊

應夢觀音贊　夢作司馬相如求畫贊
寶林寺十八大羅漢贊
小篆般若心經贊
六觀堂贊
孔北海贊

王定國眞贊
秦少游眞贊
參寥子眞贊
文與可畫墨竹屏風贊
王元之畫像贊
李伯時畫李端叔眞贊
東林第一代廣惠禪師眞贊
李西平畫贊

辯才大師真贊
郭忠恕畫贊
石室先生畫竹贊
三笑圖贊
文與可飛白贊
三馬圖贊
李伯時所畫沐猴馬贊
顧愷之畫黄初平牧羊圖贊

韓幹畫馬贊
偃松屏贊
磨衲贊
靜安縣君許氏繡觀音贊
繡佛贊

蘇長公密語目錄

卷五

序

范文正公文集序
六一居士集序
鼂君成詩集序
送錢塘僧思聰歸孤山序
獵會詩序

送人序

送于伋失官東歸序

蘇長公密語目錄

卷六

記

仁宗皇帝御書飛白記
勝相院經藏記
大悲閣記
虔州崇慶禪院心經藏記
四菩薩閣記

南華長老題名記
清風閣記
衆妙堂記
思堂記
石鍾山記
傳神記
文與可畫篔簹谷偃竹記
墨君堂記

寶繪堂記
超然臺記
凌虛臺記
李太白碑陰記
淮陰侯廟記
遊桓山記
放鶴亭記

蘇東坡密語目録

卷七

傳

方山子傳

僧圓澤傳

蘇子瞻本傳

安石用事上欲用軾修中書條例安石曰軾與臣所學皆異別試以事可也上又欲用軾起居注安石曰軾非是可獎之人乃寘軾官告院四年安石欲變更科舉使兩制三館議之上得蘇軾議乃止即日召見問政軾曰臣竊意陛下求治太急聽言太廣進人太銳願陛下安靜以待物之來然後應之上竦然初策進士舉子希合爭言祖宗法制非

是軾爲考官退擬答以進安石愈恨軾乃補外通判杭州自杭徙密密有盜未獲安撫司遣使臣領悍卒入境捕盜卒凶暴反以禁物誣民強入人家爭鬬至殺民訴于軾軾投其書不視曰必不至此悍卒聞之頗用自安不知軾已使人招出戮之矣自密徙徐時河決曹邨匯于城下富民爭出避水軾曰吾在是水決不至壞城驅使復入而自杖策入武衛營呼其卒長告之曰事急矣雖禁卒且爲

盡力卒長應曰太守不避塗潦吾儕小人敢不效
命乃率其徒短衣徒跣持畚鍤以出築東南長隄
首起戲馬臺尾屬於城民乃安徙知湖州以表謝
上言事者摘其語以爲謗逮赴御史獄初軾旣補
外見事有不便者頗託事以諷御史舒亶言蘇軾
作爲歌詩譏切時事陛下發錢以業貧民則曰嬴
得兒童語音好一年強半在城中陛下明法以課
試羣吏則曰讀書萬卷不讀律致君堯舜終無術

陛下興水利則曰東海若知明主意應教斥鹵變
桑田陛下謹鹽禁則曰豈是聞韶解忘味爾來三
月食無鹽宰臣王珪亦言蘇軾不臣因舉軾咏檜
詩曰根到九泉無曲處世間唯有蟄龍知陛下飛
龍在天而軾求之地下之蟄龍其不臣如此上曰
彼自詠檜何預朕事張方平范鎮上書救之直舍
人院王安禮乘間進曰自古大度之君不以語言
謫人願陛下無竟其獄上曰朕固不深譴特欲申

言者路耳遂以黃州團練副使安置軾幅巾芒屩
與田父野老時時相從築室東坡自號東坡居士
五年神宗語宰相王珪蔡確曰國史至重可命蘇
軾成之珪有難色神宗曰軾不可姑用曾鞏鞏進
太祖總論神宗竟不允遂手札移軾汝州軾未至
汝上書自言有田在常願得移居奏入報可過金
陵見王安石曰大兵大獄乃漢唐滅亡之兆公獨
無一言可乎曰二事皆惠卿啓之安石身在外又

安敢言軾曰在朝則言在外則不言此事君之常禮耳上之待公本非常禮公所以事上豈可以常禮自處耶安石乃厲聲曰某須說又曰人須知行一不義殺一不辜得天下弗爲乃可軾戲答曰今之君子爭減半年磨勘雖殺人亦爲之矣至常以

哲宗即位復朝奉郎知登州召爲禮部郎中軾舊善門下侍郎司馬光及知樞密院章惇惇每以謔侮困光光苦之軾見惇曰司馬君實時望甚重昔

許靖以虛名見鄙於蜀先主法正曰靖之浮譽播流四海若不加禮必以賤爲累先主納之夫許靖且不可慢況君實乎元祐二年遷中書舍人時光方議改免役爲差役差役行於祖宗之世法久多弊編戶充役不習官府吏虐使之多以破產而狹鄉之民或有不得休息者先帝知其然故爲免役使民以戶高下出錢而無執役之苦行法者不循上意於顧役實費之外取錢過多民遂以病光知

免役之害而不知其利欲一切以差役代之方差
官置局軾與其選獨以實告嘗見光政事堂條陳
不可狀光忿然不樂軾曰昔韓魏公刺陝西義勇
公爲諫官爭之甚力魏公不樂公亦不顧軾昔聞
公道其詳豈今日作相不許軾盡言耶尋除翰林
學士二年復除侍讀嘗召入對便殿宣仁后問曰
卿前爲何官曰臣爲常州團練副使今爲何官曰
臣今待罪翰林學士后曰何以至此曰遭遇太皇

太后皇帝陛下曰非也豈大臣論薦乎曰亦非軾
驚曰臣雖無狀不敢由他途以進后曰此先帝意
也先帝每誦卿文章必嘆曰奇才奇才但未及進
用卿耳軾不覺失聲宣仁后與哲宗亦泣左右皆
感涕已而命坐賜茶徹御前金蓮燭送歸院三年
權知禮部貢舉嘗侍上讀祖宗寶訓因及時事當
軸者恨之四年復出知杭州杭本近海水泉鹹苦
唐刺史李泌始引西湖水作六井民足於水故井

邑日富及白居易復浚西湖放水入運河自河入田所溉至千頃自唐及錢氏歲輒開治故湖水足用至宋廢而不理湖中葑積爲田一十五萬餘丈而水無幾矣運河失湖水之利則取給於江潮潮渾濁多淤河行闤闠中三年一淘爲市井大患而六井亦幾廢軾始至浚茅山鹽橋二河以茅山一河專受江潮鹽橋一河專受湖水復造堰閘以爲湖水蓄洩之限然後潮不入市且以餘力復完六

井民稍獲其利矣又間至湖上周視良久曰今欲去葑田將安所寘之湖南北三十里環湖往來終日不達若取葑田積爲長堤以通南北則葑田去而行者便矣又吳人種菱春輒芟除不遺寸草葑田若去募人種菱收其利以備修湖可也乃收救荒之餘得錢數萬貫糧數萬石復請於朝得百僧度牒以募役者堤成植芙蓉其上望之如雲錦杭人名之曰蘇公堤焉軾二十年再蒞此州有德於

其人以故家有畫像飲食必祝六年召入爲翰林
承旨復侍邇英時三黨之論起矣御史復攻軾軾
懼乃復請外出守潁州七年徙揚州未閱歲以兵
部尚書召還尋遷禮部復兼二學士至是又復乞
一郡自効八年知定州紹聖元年軾坐爲中書舍
人日草呂惠卿降官制云均輸之政自同於商賈
手實之禍下及於雞豚先皇帝始以帝堯之仁姑
試伯鯀終焉孔子之聖不信宰予言者誣以謗訕

復謫知英州安置惠州軾以少子過自隨居三年
復以瓊州别駕安置昌化軾初至僦官屋以居有
司猶謂不可乃買地築室昌化士人畚土運甓以
助軾元符三年大赦北還將居許病暑暴下乃止
於常建中靖國元年六月軾病遂不起葬於汝州
郟城縣軾初好賈誼陸贄書旣而讀莊子喟然嘆
息曰吾昔有見於中口未能言今見莊子得吾心
矣嘗自謂作文如行雲流水初無定質但常行於

所當行止於所不可不止故雖嬉笑怒罵之辭皆
可書而誦也洵晚歲讀易作易傳未究疾革命軾
述其志卒以成書復作論語說最後居海南作書
傳旣成三書撫之歎曰今世要未能信後有君子
當知我矣高宗卽位贈資政殿學士以其孫符爲
禮部尚書又以其文寘左右初畢仲游舉進士召
試學士院蘇軾異其文擢爲第一仲游因貽書與
軾曰言語之累不特口出者爲是其形於詩歌賦

頌託於碑銘著於序記者皆是也今知畏於口而
未畏於文是其所是則見是者喜非其所非則蒙
非者怨喜者未能濟君之謀而怨者或已敗君之
事矣官非諫臣職非御史而非是人所非是殆猶
抱石而救溺也仲游上安之孫仁宗初讀軾轍制
策退而喜曰朕今日爲子孫得兩宰相矣或謂軾
稍自韜戢雖不獲柄用亦當免禍嗟夫假令軾以
是而易其所爲尚得爲軾哉

蘇子瞻自評文

吾文如萬斛泉源不擇地皆可出在平地滔滔汩汩雖一日千里無難及其與山石曲折隨物賦形而不可知也所可知者常行於所當行常止於不可不止如是而已矣其它雖工吾亦不能知也

王聖俞評　得失寸心知

魏文帝云文之美惡吾自知之莊生方術篇自序極肖從來評長公者能勝其自評否

蘇子瞻像贊

黄庭堅

子瞻堂堂出于娥眉司馬班揚金馬石渠閲士如牆上前論事釋之馮唐言路以爲階而投諸雲夢之黄東坡之酒赤壁之遊嬉笑怒罵皆成文章觧羈而歸紫微玉堂子瞻之德未變于初而名之曰元祐之黨放之珠厓儋耳方其金馬石渠也不自知其東坡赤壁也及其東坡赤壁也不自意其紫微玉堂也及其紫微玉堂也不自知其珠厓儋耳

也九州四海知有東坡東坡歸矣民笑且歌一丘一壑則無如此道人何

劉越石許恍惚似子瞻

三黨繫宗社安危而元祐多君子亦意氣激成之耳

蘇長公密語卷一

姑孰古繁李一公闇生甫選

三衢杜承仕邦用甫校

詩

息壤詩并序

淮南子曰鯀堙洪水盜帝之息壤帝使祝融殺之於羽淵今荆州南門外有狀若屋宇陷入地中而猶見其脊者旁有石記云

天人相與之際直窺其微

不可犯畚鍤所及輒復如故又頗以致雷

雨歲大旱屢發有應予感之乃爲作詩

帝息此壤以藩幽臺有神司之隨取而培帝勑下民無敢或開惟帝不言以雷以雨惟民知之幸帝之怒帝玆不知誰敢以告帝怒不常下土是震使民前知是役於民無是墳者誰取誰予惟其的之是以射之

從息字撇翻風過如呼吸雲生似吐含當如是觀

顔子不改其
樂自有樂處

顔樂亭詩并序

顔子之故居所謂陋巷者有井存焉而不在顔氏久矣膠西太守孔君宗翰始得其地浚治其井作亭於其上命之曰顔樂昔夫子簞食瓢飲賢顔子而韓子乃以爲哲人之細事何哉蘇子曰古之觀人也必於其小焉觀之其大者容有僞焉人能碎千金之璧不能無失聲於破釜能搏猛虎不

根塵俱空

能無變色於蠭蠆孰知簞食瓢飲之爲哲人之大事乎乃作顔樂亭詩以遺孔君

天生蒸民爲之鼻口美者可嚼芬者可嗅美必有惡芬必有臭我無天遊六鑿交鬬鶩而不反跬步商受偉哉先師安此微陋孟賁股慄虎豹却走眇然其六身中亦何有我求至樂千載無偶孰瓢從之忽焉在後

水淨納行影顏子性境山空答脩語長只詩邑

至理

敍生死之奥

賦

天慶觀乳泉賦

陰陽之相化天一爲水六者其壯而一者其穉也

夫物老死於坤而萌芽於復故水者物之終始也

意水之在人寰也如山川之蓄雲草木之含滋漠

然無形而爲往來之氣也爲氣者水之生而有形

者其死也死者鹹而生者甘甘者能往能來而鹹

者一出而不復返此陰陽之理也吾何以知之蓋

嘗求之於身而得其説凡水之在人者爲汗爲涕爲洟爲血爲溲爲矢爲涎爲沫此數者皆水之去人而外鶩然後肇形於有物皆鹹而不能返故鹹者九而甘者一一者何也唯華池之眞液下涌於舌底而上流於牙頰甘而不壞白而不濁宜古之仙者以是爲金丹之祖長生不死之藥也今夫水

又從人身

之在天地之間者下則爲江湖井泉上則爲雨露

上推開説到天地

霜雪皆同一味之甘是以變化往來有逝而無竭

談甘鹹定生殺探微抽秘

故海洲之泉必甘而海雲之雨不鹹者如涇渭之不相亂河濟之不相涉也若夫四海之水與凡出鹽之泉皆天地之死氣也故能殺而不能生能槁而不能浹也豈不然哉吾謫居儋耳卜築城南隣於司命之宮百井皆鹹而醴湩乳獨發於宮中給吾飲食酒茗之用蓋沛然而無窮吾嘗中夜而起挈瓶而東有落月之相隨無一人之我同汲者未動夜氣方歸鏘瓊珮之落谷灎玉池之生肥吾三

噝而遺返懼守神之訶譏却五味以謝六塵悟一
眞而失百非信飛仙之有藥中無主而何依渺松
喬之安在猶想像於庶幾

鍾伯敬評赤壁二賦皆賦之變也此尤變中之
至理奇趣

灔澦堆賦 并序

世以瞿唐峽口灔澦堆爲天下之至險凡覆舟者皆歸咎於此一石以予觀之葢有功於斯人者夫蜀江會百水而至於夔瀰漫浩汗横放於大野而峽之小大曾不及其十一苟先無以齟齬於其間則江之遠來奔騰迅快盡鋭於瞿唐之口則其險悍可畏當不啻於今耳因爲之賦以待好事者

關尹子云火無我水無人無我故靡于物無人故不与人争長公之論本此

試觀而思之

天下之至信者唯水而已江河之大與海之深而可以意拂惟其不自爲形而因物以賦形是故千變萬化而有必然之理掀騰勃怒萬夫不敢前兮宛然聽命惟聖人之所使予泊舟乎瞿唐之口而觀乎灩澦之崔巍然後知其所以開峽而不去者固有以也蜀江遠來兮浩漫漫之平沙行千里而未嘗齟齬兮其意驕逞而不可摧忽峽口之逼窄

從戰字上又極力摹畫

兮納萬頃於一盃方其未知有峽也而戰乎灩澦之下喧豗震掉盡力以與石鬬勃乎若萬騎之西來忽孤城之當道鈎援臨衝畢至於其下兮城堅而不可取矢盡劒折兮迤邐循城而東去於是滔滔汩汩相與入峽安行而不敢怒嗟夫物固有以安而生變兮亦有以用危而求安得吾說而推之兮亦足以知物理之固然

古壁丹青色新花錦繡文

悲風生毫楮
芳韻襲蕙蘭

屈原廟賦

浮扁舟以適楚兮過屈原之遺宮覽江上之重山
兮曰惟子之故鄉伊昔放逐兮渡江濤而南遷去
家千里兮生無所歸而死無以爲墳悲夫人固有
一死兮處死之爲難徘徊江上欲去而未決兮俯
千仞之驚湍賦懷沙以自傷兮嗟子獨何以爲心
忽終章之慘烈兮逝將去此而沉吟吾豈不能高
舉而遠遊兮又豈不能退默而深居獨嗷嗷其怨

慕兮恐君臣之愈疏生既不能力爭而強諫兮死猶冀其感發而改行苟宗國之顛覆兮吾亦獨何愛於久生託江神以告寃兮馮夷教之以上訴歷九關而見帝兮帝亦悲傷而不能救懷瑾佩蘭而無所歸兮獨惸惸乎中浦峽山高兮崔巍故居廢兮行人哀子孫散兮安在況復見兮高臺自子之逝兮千載兮世愈狹而難存賢者畏譏而改度兮隨俗變化斵方以為圓黽勉於亂世而不能去兮

又或爲之臣佐變丹青於玉瑩兮彼乃謂子爲非
智惟高節之不可以企及兮宜夫人之不吾與違
國去俗死而不顧兮豈不足以免於後世嗚呼君
子之道豈必全兮全身遠害亦或然兮嗟子區區
獨爲其難兮雖不適中要以爲賢兮夫我何悲子
所安兮

李卓吾評雖不適中句可爲三閭知己

王聖俞許莊生之文以小物逗玄理如解牛承蜩之類是作可与參駕

物破千古奸人情狀

黠鼠賦

蘇子夜坐有鼠方齧拊床而止之既止復作使童子燭之有橐中空嘐嘐聱聱聲在橐中曰嘻此鼠之見閉而不得去者也發而視之寂無所有舉燭而索中有死鼠童子驚曰是方齧也而遽死耶向爲何聲豈其鬼耶覆而出之墮地乃走雖有敏者莫措其手蘇子歎曰異哉是鼠之黠也閉於橐中橐堅而不可穴也故不齧而齧以聲致人不死而

恠甚

諸甚

善○婁○寓

死以形求脫也吾聞有生莫智于人擾龍伐蛟登龜狩麟役萬物而君之卒見使於一鼠墮此蟲之計中驚脫兎于處女烏在其爲智也坐而假寐私念其故若有告余者曰汝惟多學而識之望道而未見也不一于汝而二于物故一鼠之齧而爲之變也人能碎千金之璧不能無失聲於破釜能搏猛虎不能無變色于蜂蠆此不一之患也言出于汝而忘之耶余俛而笑仰而覺使童子執筆記余

之作、

李卓吾評末路可惜説道理了

秋陽賦

越王之孫有賢公子宅於不土之里而詠無言之詩以告東坡居士曰吾心皎然如秋陽之明吾氣肅然如秋陽之清吾好善而欲成之如秋陽之堅百穀吾惡惡而欲刑之如秋陽之隕羣木夫是以樂而賦之子以爲何如居士笑曰公子何自知秋陽哉生於華屋之下而長遊於朝廷之上出擁大蓋入侍帷幄暑至于溫寒至于涼而已矣何自知

善摹寫

秋陽哉若予者乃眞知之方夏潦之淫也雲蒸雨泄雷電發越江湖爲一后土冒沒舟行城廓魚龍入室菌衣生于用器蛙蚓行于几席夜遑濕而五遷晝燎衣而三易是猶未足病也昔於三吳有田一廛禾已實而生耳稻方秀而泥蟠溝塍交通牆壁頽穿面垢落曁之塗目泣濕薪之煙釜甑其空四隣悄然鸛鶴鳴於戸庭婦宵興而永歎計無食其幾何矧有衣於窮年忽釜星之雜出又燈花之

以夏潦映秋陽妙甚

雙懸清風西來鼓鐘其鏜奴婢喜而告予此雨止
之祥也蚤作而占之則長庚澹其不芒矣浴於暘
谷升於扶桑曾未轉盻而倒景飛于屋梁矣方是
時也如醉而醒如瘖而鳴如痿而起行如還故鄉
初見父兄公子亦有此樂乎公子曰善哉吾雖不
身履而可以意知也居士曰日行于天南北異宜
赫然而炎非其虐穆然而溫非其慈且今之溫者
昔之炎者也云何以夏爲盾而以冬爲衰乎吾儕

小人輕愠易喜彼冬夏之畏愛乃羣徂之三四自今知之可以無惑居不墐户出不仰笠暑不言病以無悠秋陽之德公子拊掌一笑而作

曹子建云君熱但曝霜越夷水中藏似于秋陽偏畏之矣

一種陽明之氣英英逼人

鏡動波颭菱
窗廻風旋絮

赤壁賦

壬戌之秋七月既望蘇子與客泛舟遊於赤壁之下清風徐來水波不興舉酒屬客誦明月之詩歌窈窕之章少焉月出於東山之上徘徊於斗牛之間白露橫江水光接天縱一葦之所如凌萬頃之茫然浩浩乎如馮虛御風而不知其所止飄飄乎如遺世獨立羽化而登仙於是飲酒樂甚扣舷而歌之歌曰桂櫂兮蘭槳擊空明兮泝流光渺渺兮

予懷望美人兮天一方客有吹洞簫者倚歌而和
之其聲嗚嗚然如怨如慕如泣如訴餘音嫋嫋不
絶如縷舞幽壑之潛蛟泣孤舟之嫠婦蘇子愀然
正襟危坐而問客曰何爲其然也客曰月明星稀
烏鵲南飛此非曹孟德之詩乎西望夏口東望武
昌山川相繆鬱乎蒼蒼此非孟德之困於周郎者
乎方其破荆州下江陵順流而東也舳艫千里旌
旗蔽空釃酒臨江横槊賦詩固一世之雄也而今

李卓吾評正好發揮可惜説道理了子云不妨理事相參

安在哉況吾與子漁樵於江渚之上侶魚蝦而友麋鹿駕一葉之扁舟舉匏樽以相屬寄蜉蝣於天地渺滄海之一粟哀吾生之須臾羨長江之無窮挾飛仙以遨遊抱明月而長終知不可乎驟得託遺響於悲風蘇子曰客亦知夫水與月乎逝者如斯而未嘗往也盈虛者如彼而卒莫消長也蓋將自其變者而觀之則天地曾不能以一瞬自其不變者而觀之則物與我皆無盡也而又何羨乎且

夫天地之間物各有主苟非吾之所有雖一毫而
莫取惟江上之清風與山間之明月耳得之而爲
聲目遇之而成色取之無禁用之不竭是造物者
之無盡藏也而吾與子之所共適客喜而笑洗盞
更酌殽核既盡杯盤狼籍相與枕籍乎舟中不知
東方之既白

此即普賢乆殊上下交泰理事相徹互相交映一成
即一切成一壞即一切壞摠以性齊時齊行齊故

劉勰云淺先穠華而散珠此文字之珠璣

後赤壁賦

是歲十月之望步自雪堂將歸於臨臯二客從予過黃泥之坂霜露既降木葉盡脫人影在地仰見明月顧而樂之行歌相答已而嘆曰有客無酒有酒無殽月白風清如此良夜何客曰今者薄暮舉網得魚巨口細鱗狀似松江之鱸顧安所得酒乎歸而謀諸婦婦曰我有斗酒藏之久矣以待子不時之需於是携酒與魚復遊於赤壁之下江流有

數句占幾許
風景

聲斷岸千尺山高月小水落石出曾日月之幾何而江山不可復識矣予乃攝衣而上履巉巖披蒙茸踞虎豹登虬龍攀栖鶻之危巢俯馮夷之幽宮葢二客不能從焉劃然長嘯草木震動山鳴谷應風起水湧予亦悄然而悲肅然而恐凛乎其不可留也反而登舟放乎中流聽其所止而休焉時夜將半四顧寂寥適有孤鶴横江東來翅如車輪玄裳縞衣戛然長鳴掠予舟而西也須臾客去予亦

就睡夢一道士羽衣翩躚過臨皋之下揖予而言日赤壁之遊樂乎問其姓名俛而不答嗚呼噫嘻我知之矣疇昔之夜飛鳴而過我者非子也耶道士顧笑予亦驚悟開戶視之不見其處

楊子雲所謂不從人間來者

御風而行泠泠然善也長公有焉

蘇長公密語卷一終

王聖俞云凌
駕立意多用
此法所謂翻
空見奇矣

蘇長公密語卷二

姑孰古皖李一公闇生甫選

三衢杜承仕邦用甫校

銘

九成臺銘

韶陽太守狄咸新作九成臺玉局散吏蘇軾爲之銘曰

自秦并天下滅禮樂韶之不作蓋千三百二十有

三年其器存其人亡則韶既已隱矣而況於人器
兩亡而不傳雖然韶則亡矣而有不亡者存葢常
與日月寒暑晦明風雨並行乎天地之間世無南
郭子綦則耳未嘗聞地籟也而況得聞天籟使耳
聞天籟則凡有形有聲者皆吾羽旄干戚管磬匏
絃嘗試與子登夫韶石之上舜峰之下望蒼梧之
渺莽九嶷之聯綿覽觀山川之吐吞草木之俯仰
鳥獸之鳴號衆竅之呼吸往來唱和非有度數而

均節自成者非韶之大全乎上方立極以安天下人和而氣應氣應而樂作則夫所謂簫韶九成來鳳凰而舞百獸者既已燦然畢陳於前矣建忠靖國元年五月旦日

鍾伯敬評鈔理雄文以韻語出之

總之根存學塵空非上乘根器不能摹寫至極

大別方丈銘

閉目而視目之所見冥冥蒙蒙掩耳而聽耳之所聞隱隱隆隆耳目雖廢見聞不斷以搖其中孰能開目而未嘗視如鑑寫容孰能傾耳而未嘗聽如穴受風不視而見不聽而聞根在塵空湛然虛明遍照十方地獄天宮蹈冒水火出入金石無往不通我觀大別三門之外大江方東東西萬里千溪百谷爲江所同我觀大別方丈之内一燈常紅門

閉不開光出於隣曄如長虹問何爲然笑而不答
寄之盲聾但見麗然秀眉月面紺漆點瞳我作銘
詩相其木魚與其鼓鐘

浩淨妙

陶石簣評似大慧中峰升座語

王聖俞許老子云正言義及此足盡禪理

澹軒銘

以船撐船船不行以鼓打鼓鼓不鳴子欲察味而辨色何不坐於澹軒之上出澹語以問澹叟則味自味而色自形吾然後知澹叟之不澹葢將盡口眼之變而起無窮之爭其自謂叢林之一害豈虛名也哉

知澹則非澹矣白沙先生答菴詩寄語了心人不冷亦不熱

鍾伯敬評讀之寒慓

夕庵銘

與晝皆作霧散毛脉夜氣既歸肝膽是宅我名夕庵維以照寂八萬四千忽然如一

玄之又玄

王聖俞評內視之學

寐寐惺惺惺惺寐寐

夢齋銘

至人無夢或曰高宗武王孔子皆夢佛亦夢夢不異覺覺不異夢夢卽是覺覺卽是夢此其所以爲無夢也歟衛玠問夢于樂廣廣對以想曰形神不接而夢此豈想哉對曰因也或問因之說東坡居士曰世人之心而有未嘗獨立也塵之生滅無一念住夢覺之間塵塵相授數傳之後失其本

奇甚

矣則以爲形神不接豈非因乎人有牧羊而寢者因羊而念馬因馬而念車因車而念蓋遂夢曲蓋鼓吹身爲王公夫牧羊之與王公亦遠矣想之所因豈足怪乎居士始與芝相識于夢中旦以所夢求而得之今二十四年矣而五見之每見輒相視而笑不知是處之爲何方今日之爲何日我爾之爲何人也題其所寓室曰夢齋而子

由爲之銘曰

法身充滿處處皆一幻身虛妄所至非實我觀世
人生非實中以寤爲正以寐爲夢忽寐所遇執寤
所遭積執成堅如丘山高若見法身寤寐皆非知
其皆非寤寐無虧遨遊四方齊則不遷南北東西
法身本然

夢覺寤寐是一是二向之不二主人

李卓吾評：趣甚

蘇程庵銘 并引

程公庵南華長老辯公爲吾表弟程德孺作也吾南遷過之更其名曰蘇程且銘之曰

辯作庵寶林南程取之不爲貪蘇後到住者三蘇旣住程則去一彈指三世具如我說無是處百千燈同一光一塵中兩道場齊說法不相妨本無通安有礙程不去蘇亦在各遍滿無雜壞

妙

遠遊庵銘

吳復古子野吾不知其何人也徒見其出入人間若有求者而不見其所求不喜不憂不剛不柔不惰不修吾不知其何人也昔司馬相如有言列仙之儒居山澤間形容甚癯乃取屈原遠遊作大人賦其言宏妙不遺而放今子野行於四方十餘年矣而歸於南海之上必將俯仰百世奄忽萬

里有得於屈原之遠遊者故以名其庵而
銘之曰
悲哉世俗之迫隘也願從子而遠遊子歸不來而
吾不往使罔象乎相求問道乎屈原借車於相如
忽焉不自知歷九疑而過崇丘宛兮相逢乎南海
之上踞龜殼而食蛤梨者必子也庶幾爲我一笑
而少留乎

達則不迷

四達齋銘 并引

高郵使君趙晦之作齋東園戸牖四達因以名之眉山蘇軾過而爲之銘曰

有藏于中必謀于外惟慢與謹皆盜之誨孰知此閒空洞無物戸牖闔開廓焉四達擊去盜易使無盜難我無可攘以守則完趙侯無心得法赤谿四出其齋以免民迷

得之莊生

摹畫精

桄榔庵銘 并引

東坡居士謫於儋耳無地可居偃息於桄榔林中摘葉書名以記其處

九山一區帝爲方輿神尻以遊孰非吾居百柱負贔萬瓦披敷上棟下宇不煩兵夫海氛瘴霧吞吐吸呼蝮蛇魑魅出怒入娛習苦堂奥雜處帝奴東坡居士强安四隅以動寓止以實託虚放此四大還於一如東坡非名岷峨非盧鬢髮不改示現毗

盧無作無止無欠無餘生謂之宅死謂之墟三十
六年吾其捨此跨汗漫而遊鴻濛之都乎

至聖俞許謫官乃至無一屋但尚以文章自娛
覽此可以曠懷

菩薩泉銘 并序

陶侃爲廣州刺史有漁人每夕見神光海上以白侃侃使迹之得金像視其欵識阿育王所鑄文殊師利像也初送武昌寒溪寺及侃遷荆州欲以像行人力不能動益以牛車三十乘乃能至船船復没遂以還寺其後惠遠法師迎像歸廬山了無艱礙山中世以二僧守之會昌中詔毁天下寺

二僧藏像錦繡谷比釋教復興求像不可得而谷中至今有光景往往發見如峨眉五臺所見葢遠師文集載處士張文逸之文及山中父老所傳如此今寒溪少西數百步別爲西山寺有泉出於嵌竇閒色白而甘號菩薩泉人莫知其本末建昌李常謂余豈昔像之所在乎且屬余爲銘銘曰

像在廬阜宵光屬天旦朝視之寥寥空山誰謂寒

溪尚有斯泉盍往鑒之文殊了然

菩薩隱見似亦有數存乎其間

文殊了然正壇經所云見自本性不生不滅也

亦所謂在羹見羹在墻見墻耳若從泉覓

文殊則文殊隱矣

飛錫湧泉從來不止辯之二人

卓錫泉銘 并序

六祖初住曹溪卓錫泉涌清凉滑甘贍足大衆逮今數百年矣或時小竭則衆汲于山下今長老辯公住山四歲泉日涌溢聞知嗟異爲作銘曰

祖師無心心外無學有來扣者雲涌泉落問何從來初無所從若有從處來則有窮初住南華集衆須水水性融會豈有無理引錫指名寒泉自冽衆

渴得飲如我說法云何至今有溢有枯泉無溢枯

蓋其人乎辯來四年泉水洋洋烹煮濯漑飲及牛

羊手不病汲肩不病負匏勺瓦盂莫知其故我不

求水水則許我訊于祖師其亦可哉

陶石簣評肴泉無泉有竅無竅似邊見語曹

溪不作此解

李卓吾許其奇

參寥泉銘并序

予謫居黄，參寥子不遠數千里從予於東城，留期年。嘗與同遊武昌之西山，夢相與賦詩，有「寒食清明都過了，石泉槐火一時新」之句，語甚美，而不知其所謂。其後七年，予出守錢塘，參寥子在焉。明年，卜智果精舍居之。又明年，新居成，而予以寒食去郡，實來告行。舍下舊有泉，出石間，是月又鑿

長公有托之
夢者有見之
夢者皆心靈
變幻處

石得泉加冽參寥子擷新茶鑽火煮泉而瀹之笑曰是見于夢九年衛公之爲靈也久矣坐人皆悵然太息有知命無求之意乃名之參寥泉爲之銘曰

在天雨露在地江湖皆我四大滋相所濡偉哉參寥彈指八極退守斯泉一謙四益予晚聞道夢幻是身真即是夢夢即是真石泉槐火九年而信夫求何伸實弊汝神

惠勤固自不凡

六一泉銘并序

歐陽文忠公將老自謂六一居士予昔通守錢塘見公於汝陰而南公曰西湖僧慧勤甚文而長於詩吾昔爲山中樂三章以贈之子閒於民事求人於湖山間而不可得則往從勤乎予到官三日訪勤於孤山之下抵掌而論人物曰公天人也人見其暫寓人間而不知其乘雲馭風歷五嶽而

跨滄海也此邦之人以公不一來爲悵公麾斥八極何所不至雖江山之勝莫適爲主而奇麗秀絶之氣常爲能文者用故吾以謂西湖蓋公几案間一物耳勤語雖幻怪而理有實然者明年公薨予哭於勤舍又十八年予爲錢塘守則勤亦化去久矣訪其舊居則弟子二仲在焉畫公與勤之像事之如生舍下舊無泉予未至數月泉

泉之枯溢常因乎人理有固然無足怪者

出講堂之後孤山之趾汪然益流甚白而甘卽其地鑿巖架石爲室二仲謂予師聞公來出泉以相勞苦公可無言乎乃取勤舊語推本其意名之曰六一泉且銘之曰

泉之出也去公數千里後公之沒十有八年而名之曰六一不幾於誕乎曰君子之澤豈獨五世而已蓋得其人則可至於百傳嘗試與子登孤山而望吳越歌山中之樂而飲此水則公之遺風餘烈

亦或見於斯泉也

易鼎之大象曰君子以正位凝命人君當自寶其鼎云

漢鼎銘并序

禹鑄九鼎用器也初不以爲寶象物以飾之亦非所以使民遠不若也武王遷之洛邑蓋已見笑于伯夷叔齊矣方周之盛也鼎爲宗廟之觀美而已及其衰也爲周之患有不可勝言者匹夫無罪懷璧其罪周之衰也與匹夫何異嗟夫孰知九鼎之爲周之角齒也哉自春秋時楚莊王始問其

輕重大小而戰國之際秦與齊楚皆欲之周人惴惴焉視三虎之垂涎而睨巳也絕周之祀不足以致寇裂周之地不足以肥國然三國之君未嘗一日而忘周者以寶在焉故也三國爭之周人莫知所適與得鼎者未必能存周而不得者必碎之此九鼎之所以亡也周顯王之四十二年宋太丘社亡而鼎淪沒於泗水此周人毀鼎以

緣裍而假之神妖以爲之說也秦始皇漢武帝乃始萬方以出鼎此與兒童之見無異善夫吾丘壽王之說也曰汾陰之鼎漢鼎也非周鼎夫周有鼎漢亦有鼎此易所謂正位凝命者豈三趾兩耳之謂哉惈壽王小子方以諛進不能究其義予故作漢鼎銘以遺後世君子其詞曰

惟五帝三代及秦漢以來受命之君靡不有兹鼎

鼎存而昌鼎亡而亡蓋鼎必先壞而國隨之豈有
易姓而猶傳者乎不寶此器而拳拳一物孺子之
智婦人之仁嗚呼悲夫

陶石簣評懸空立論
讀之凜然

法雲寺鐘銘并序

元豐七年十月有詔大長老圓通禪法師

秀住法雲寺寺成而未有鐘大檀越附馬

都尉武勝軍節度觀察留後張敦禮與冀

國大長公主唱之從而和者若干人元祐

元年四月鐘成萬斛東坡居士蘇軾爲之

銘曰

有鐘誰爲撞有撞誰撞之三合而後鳴聞所聞爲

因緣和合

五闕一不可得汝則安能聞汝聞竟安在耳視目
可聽當知所聞者鳴寂寂時鳴大圓空中師獨處
高廣座臥士無所著人引非引人二俱無所説而
説無説法法法雖無盡問則應曰三汝應如是聞
不應如是聽

耳視目聽便是因

大覺鼎銘

樂全先生遺我鼎甗我復以餉大覺老禪在昔宋魯取之以兵書曰郜鼎以器從名樂泉東坡予之以義書曰大覺以名從器挹山之泉烹以其薪爲苦爲甘咨爾學人

名者實之賓實固無常名亦無定執著名相無有實處

自然端硯銘 并序

故人王顒有自然端硯硯之成于片石上稍加磨治而已銘曰

其色馬肝其聲磬其文水中月眞寶石也而其德則正其形天合其於人也略是故可使而不可役也

得全于天有不假于人不假于人者人烏得役之

王聖俞評：天研立名甚奇

若取全于形乎，則仰唇俯

天石研銘 并序

軾年十二時於所居紗縠行宅隙地中與羣兒鑿地爲戲得異石如魚膚溫瑩作淺碧色表裏皆細銀星扣之鏗然軾以爲研甚發墨無貯水處先君曰是天研也有研之德而不足於形耳因以賜軾曰是文字之祥也軾寶而用之且爲銘曰

一受其成而不可更或全於德或全於形均此二

足世固多有其柰非佳研何哉意趣含蓄如此

者顧予安取仰脣俯足世固多有

元豐二年秋余得罪下獄家屬流離書籍散亂明年至黃州求硯不復得以爲失之矣七年七月舟行至當塗發舊書笥忽復見之喜甚以付迨過其匣雖不工乃先君手刻其受硯處而使工人就成之者不可易也

拳〻之思一研不忘

邁硯銘　并引

邁往德興，責以一硯，以此銘之：

以此進道常若渴，以此求進常若驚，以此治財常思予，以此書獄常思生。

以銘寓箴

卵硯銘

東坡硯龍尾石開鵠卵見蒼璧與居士同出入更險夷無燥濕今何者獨先逸從參寥老空寂

亦自悠然

棄叅字句

黃魯直所惠洮河石硯銘

洮之礪發金鐵琢而泓堅密澤郡洮岷至中國棄矛劍叅筆墨歲丙寅斗東北歸余者黃魯直

王聖俞評洮河石綠如藍潤如玉發墨不減端谿然在河底得之爲無價寶

鼎硯銘

鼎無耳槃有趾鑑幽無見几不倚睗蟲隕羿喪厥喙羽淵之化帝祝尾不周隤裂東南圮黝然而深維水委誰乎爲此昔未始戲名其臀加幻詭

王聖俞評：銘古器故須奇古。○睗一本作[illegible]

文與可琴銘

攫之幽然如水赴谷釋之蕭然如葉脫木按之噫然應指而長言者似君置之枵然遺形而不言者似僕

妙

似君似僕傳琴寓意甚高

實以自解

文勛篆銘

世人篆字隸體不除如浙人語終老帯吳安國用筆意在隸前汲冢魯璧周鼓泰山

王聖俞評 安國兼工書坡謂其略不抒思

鍾伯敬評：以下字字痛駡小人，實有感之言，曲盡鼠態。

却鼠刀銘

野人有刀，不愛遺余。長不滿尺，剱鉞之餘。文如連環，上下相繆。錯之則見，或漫如無。昔所從得，戒以自隨。畜之無害，暴鼠是除。有穴于垣，侵堂及室。跳床撼幕，終夕窣窣。叱訶不去，啖嚙棗栗。掀盃舐缶，去不遺粒。不擇道路，仰行躡壁。家爲兩門，窘則旁出。輕趫捷猾，忽不可執。吾刀入門，是去無跡。又有甚者，聚爲怪妖。晝出羣鬬，相視睢盱。舞于端門，與

詞致郁作

主雜居猫見不噬又乳于家狃于永氏謂世皆然亟磨吾刀槃水致前炊未及熟肅然無蹤物豈有是以爲不誠試之彌旬爲凜以驚夫猫鷙禽晝廵夜伺拳腰弭耳目不及顧鬚搖于穴走赴如霧碎首屠腸終不能去是獨何爲宛然尺刀匣而不用無有爪牙彼孰爲畏相卒以逃嗚呼嗟夫吾苟有之不言而喻是亦何勞

王聖俞評　故須記異却復多姿

徐州蓮華漏銘　并序

故龍圖閣直學士禮部侍郎燕公肅以創物之智聞於天下作蓮華漏世服其精凡公所臨必為之今州郡往往而在雖有巧者莫敢損益而徐州獨用瞽人衛朴所造廢法而任意有壺而無箭自以無目而廢天下之視使守者伺其滿則决之而更注人莫不笑之國子博士傳君裼公之外曾

孫得其法爲詳其通守是邦也實始改作

而請銘於軾銘曰

人之所信者手足耳目也目識多寡手知輕重然人未有以手量而目計者必付之於度量與權衡豈不自信而信物蓋以爲無意無我然後得萬物之情故天地之寒暑日月之晦明崑崙旁薄於三十八萬七千里之外而不能逃於三尺之箭五斗之餅雖疾雷霾風雨雪晝晦而遲速有度不加虧

鍾伯敬評補正意不爲事理拘

羸使凡爲吏者如餅之受水不過其量如水之浮箭不失其平如箭之升降也視時之上下降不爲辱升不爲榮則民將靡然心服而寄我以死生矣

小題運太淪漾

空生大覺中
世界從空立

廣州東莞縣資福寺舍利塔銘并序

自有生人以來人之所爲見於世者何可勝道其鼓舞天下經緯萬世有偉於造物者矣考其所從生實出於一念巍乎大哉是念也物復有烈於此者乎是以古之眞人以心爲法自一身至一世界自一世界至百千萬億世界於屈信臂頃作百千萬億變如佛所言皆眞實語無可疑者至于

持身厲行練精養志或乘風而仙或解形而去使枯槁之餘化爲金玉時出光景以作佛事者則多有矣其見伏去來皆有時會非偶然者予在惠州或示予以古舍利狀若覆盂圓徑五寸高三寸重一斤一兩外客而中疎其理如芭蕉舍利生其中無數五色具意必眞人大士之遺體蓋腦之在顱中顱亡而腦存者予曰是當以施僧

與衆共之藏私家非是其人難之適有東

莞資福長老祖堂來惠州見而請之曰吾

方建五百羅漢閣壯麗甲於南海舍利當

栖我閣上則以犀帯易之有自京師至者

得古玉璧試取以薦舍利若合符契堂喜

遂并璧持去曰吾當以金銀琉璃爲窣堵

波置閣上銘曰

眞人大士何所修心精妙明含九洲此身性海一

浮漚委蜕如遺不自收戒光定力相烝休結爲寶
珠散若旒流行四方獨此留帶犀徵矣何足酬璧
來萬里端相扱我非予堂堂非求共作佛事知誰
由瑞光一起三千秋永照南海通羅浮

脉望三食仙字而成仙鸚鵡学念彌陀而成
舍利詡于人乎此語是真实語

鍾伯敬評：大韻力。

惠州官葬暴骨銘

有宋紹聖二年，官葬暴骨於是。是豈無主，仁人君子斯其主矣。東坡居士銘其藏曰：

人耶天耶，隨念而徂。有未能然，宅此枯顱。後有君子，無廢此心。陵谷變壞，復棺衾之。

王聖俞評：上四語禪玄，下四語惻然仁人之語。

又：柔澹可愛。

東坡客語卷二終

蘇長公密語卷三

頌偈

十八大阿羅漢頌并引

蜀金水張氏畫十八大阿羅漢軾謫居儋耳得之民間海南荒陋不類人世此畫何自至哉从逃空谷如見師友乃命過宮易

李卓吾評事奇

其裝標設燈塗香果以禮之張氏以畫羅漢有名唐末益世擅其藝今成都僧敏行其玄孫也梵相奇古學術淵博蜀人皆曰此羅漢化生其家也軾外祖父程公少時遊京師還遇蜀亂絕糧不能歸困卧旅舍有僧十六人往見之曰我公之邑人也各以錢二百貸之公以是得歸竟不知僧所在公曰此阿羅漢也歲設大供四公年九

王聖俞許此
十八題俱意
外有會余最
愛之悠然有

十凡設二百餘供今軾雖不親覩其人而困厄九死之餘鳥言卉服之間乃獲此奇勝豈非希闊之遇也哉乃各即其體像而窮其思致以爲之頌

第一尊者結跏正坐蠻奴側立有鬼使者稽顙于前侍者取其書通之頌曰

月明星稀孰在孰亡煌煌東方惟有啓明咨爾上座及阿闍梨代佛出世惟大弟子

遠思

潑絕雋絕

愛憎隽泯

第二尊者合掌趺坐蠻奴捧櫝于前老人發
之中有琉璃缾貯舍利十數頌曰
佛無滅生通塞在人墻壁瓦礫誰非法身尊者歛
手不起于座示有敬耳起心則那
第三尊者扶烏木養和正坐下有白沐猴獻
果侍者執盤受之頌曰
我非標人人莫吾識是雪衣者豈具眼隻方食知
獻何愧於猿爲語柳子勿憎王孫

莫錯認指作月

神鬼性空

第四尊者側坐屈三指答胡人之問下有蠻

奴捧函童子戲捕龜者頌曰

彼問云何計數以對為三為七莫有知者雷動風

行屈信指間汝觀明月在我指端

第五尊者臨淵濤抱膝而坐神女出水中蠻

奴受其書頌曰

形與道一道無不在天宮鬼府奚往而礙婉彼奇

女躍于濤瀧神馬尻輿攝衣從之

第六尊者右手支頤左手拊穉獅子顧視侍
者攑爪而剖之頌曰
手拊雛貌目視爪獻甘芳之意若達于面六塵並
入心亦徧知卽此知者爲大摩尼
第七尊者臨水側坐有龍出焉吐珠其手中
胡人持短錫杖蠻奴捧鉢而立頌曰
我以道眼爲傳法宗爾以願力爲護法龍道成願
滿見佛不怍盡取玉函以畀思遜

靈妙絶倫

傳法便是羅漢願力

妙在捨受之前

當境忘境

第八尊者並膝而坐加肘其上侍者汲水過

前有神人涌出于地捧盤獻寳頌曰

爾以捨來我以慈受各獲其心寳則誰有視我如

爾取與則同我爾福德如四方空

第九尊者食已㯃鉢持數珠誦呪而坐下有

童子構火具茶又有理筒注水蓮池中者頌

曰

飯食已畢㯃鉢而坐童子茗供吹籥發火我作佛

事淵乎妙哉空山無人水流花開
第十尊者執經正坐而仙人侍女焚香于前
頌曰
飛仙玉潔侍女雲耿稽首炷香敢問致道我道大
同有覺無修豈不長生非我所求
第十一尊者趺坐焚香侍者拱手胡人捧函
而立頌曰
前聖後聖相喻以言口如布穀而意莫傳鼻觀寂

蟒亦具佛性故呼作佛子甚奇

妃字奇

如諸根自側孰知此香一炷千偈

第十二尊者正坐入定枯木中其神騰出于上有大蟒出其下頌曰

默坐者形空飛者神二俱非是孰爲此身佛子何爲懷毒不已願解此相問誰縛爾

第十三尊者倚杖垂足側坐侍者捧函而立有虎過前有童子怖匿而竊窺之頌曰

是與我同不噬其妃一念之差墮此髬髵導師悲

虎亦具佛性与蟡同故稱妃

虵亦同蟡虎伈訴似求解脫

愍爲爾蟫歎以爾猛烈復性不難（至理）

第十四尊者持鈴杵正坐誦呪侍者整衣于右胡人橫矩錫跪坐于左有虵一角若仰訴者頌曰

彼髯而虬長跪自言特角亦來身移怨存以無言音誦無說法風止火滅無相伉者（點破世間多少惡障）

第十五尊者鬚眉皆白袖手趺坐胡人拜伏于前鑾奴手持主杖侍者合掌而立頌曰

楚丘先生意趣

天何言哉時行物生

聞法最先事佛亦久耄然衆中是大長老薪水井
臼老矣不能摧伏魔軍不戰而勝
第十六尊者橫如意趺坐下有童子發香篆
侍者注水花盆中頌曰
盆花浮紅篆烟繚青無問無答如意自橫點瑟既
希昭琴不鼓此間有曲可歌可舞
第十七尊者臨水側坐仰觀飛鶴其一既下
集矣侍者以手拊之有童子提竹籃取果實

王聖俞評不
援儒更好

投水中頌曰

引之浩泛與鶴皆翔藏之幽深與魚皆沉大阿羅漢入佛三昧俯仰之間再拊海外

第十八尊者植拂支頤瞪目而坐下有二童子破石榴以獻頌曰

植拂支頤寂然跏趺尊者所遊物之初耶聞之於佛及吾子思名不用處是未發時

跋尾

奇甚

佛滅度後閻浮提衆生剛狠自用莫肯信入故
諸賢聖皆隱不現獨以像設遺言提引未悟而
峨眉五臺廬山天台猶出光景變異使人了然
見之軾家藏十六羅漢像每設茶供則化爲白
乳或凝爲雪花桃李芍藥僅可指名或云羅漢
慈悲深重急於接物故多現神變儻其然乎今
於海南得此十八羅漢像以授子由弟使以時
修敬遇夫婦生日輒設供以祈年集福并以前

所作頌寄之子由以二月二十日生其婦德陽
郡夫人史氏以十一月十七日生是歲中元日
題

王聖俞評東坡所作禪家文字多矣然皆一時率
筆成趣獨此十八贊沉思而得之景既幽邃
句復淵妙當為獨步
陶石簣評目擊道存依稀作華嚴境界矣

自度度人彈指成佛

阿彌陀佛頌并引

錢塘圓照律師普勸道俗歸命西方極樂世界阿彌陀佛眉山蘇軾敬捨亡母蜀郡太君程氏遺留簪珥命工胡錫采畫佛像以薦父母冥福謹再拜稽首而獻頌曰

佛以大圓覺充滿河沙界我以顛倒想出没生死中云何以一念得往生淨土我造無始業本從一念生既從一念生還從一念滅生滅滅盡處則我

與佛同如投水海中如風中鼓槖雖有大聖智亦
不能分别願我先父母與一切衆生在處爲西方
所遇皆極樂人人無量壽無往亦無來

圓覚平等果
不二法门

觀世音菩薩頌 幷引

金陵崇因禪院長老宗襲自以衣鉢造觀世音像極相好之妙予南遷過而禱焉曰吾北歸當復過此而爲之頌建中靖國元年五月日自南海歸至金陵乃作頌曰

慈近乎仁悲近乎義忍近乎勇憂近乎智四者似之而卒非是有大圓覺平等無二無冤故仁無親故義無人故勇無我故智彼四雖近有作有止此

四本無有取無匱有二長者皆樂檀施其一大富千金日費其一甚貧百錢而已我說二人等無有異吁觀世音淨聖大士徧滿空界挈携天地大解脫力非我敢議若其四無我亦如此

鍾伯敬評此一語最妙

石恪畫維摩頌

我觀衆工工一師人持一藥療一病風勞欲寒氣欲暖肺肝胃腎更相克挾方儲藥如丘山卒無一藥堪施用有大醫王拊掌笑謝遣衆工病隨愈問大醫王以何藥還是衆工所用者我觀三十二菩薩各以意談不二門而維摩詰默無語三十二義一時墮我觀此義亦不墮維摩初不離是說譬如油蠟作燈燭不以火點終不明忽見默然無語處

三十二說皆光燄佛子若讀維摩經當作是念爲
正念我觀維摩方丈室能受九百萬菩薩三萬二
千獅子坐皆悉容受不迫迮又能分布一鉢飯饜
飽十方無量衆斷取妙喜佛世界如持鍼鋒一棗
葉云是菩薩不思議住大解脫神通力我觀石子
一處士麻鞋破帽露兩肘能使筆端出維摩神力
又過維摩詰若云此畫無實相毗耶城中亦非實
佛子若見維摩像應作此觀爲正觀

陶石簣評人知毗耶杜口是維摩檀場處誰知
三十二說皆光焰耶此七字是一部維摩
乃知諸衲子注解維摩竟成謗佛

荅孔君頌

夢中投井及半而止出入不能本非住處我今何
爲日作此苦忽然夢覺身在床上不知向來本元
無井不應復作出入住想道無深淺亦無遠近見
物失空空未嘗滅物去空現亦未嘗生應當正念
作如是觀

王聖俞評：曲喻奇他人夢想不到

禪戲頌

已熟之肉，無復活理，投在東坡無礙羹釜中，有何不可？問天下禪和子，且道是肉是素，喫得是喫不得？是大奇大奇，一盌羹勘破天下禪和子。

王聖俞評：雖戲而有玄情，此處畢竟如何作答？

胡海陵云：莫安排。

魚枕冠頌

瑩淨魚枕冠細觀初何物形氣偶相值忽然而爲魚不幸遭網罟剖魚而得枕方其得枕時是枕非復魚湯火就模範巉然冠五岳方其爲冠時是冠非復枕成壞無窮已究竟亦非冠假使未變壞送與無髮人簪導無所施是名爲何物我觀此幻身已作露電觀而况身外物露電亦無有佛子慈閔故願受我此冠若見冠非冠即知我非我五濁煩

惱中清淨常歡喜

陶石簣許冠非冠甚巧

靈感觀音偈　并引

或問居士佛無不在云何僧榮所常供養觀世音像獨稱靈感居士答言譬如靜夜天清無雲我目無病未有舉頭而不見月今此畫像方其畫時工適清淨又此僧榮方供養時秉心端嚴不入諸相無有我人衆生壽者則觀世音廓然自現爾時居士作此言已心開形解隨其所得而説偈言

鍾伯敬評云以此等偈似漢人詩

夫物芸芸各升其英爲天蒼蒼爲日月星無在不在容光則明矧我大士淵兮淨神妙湛生光積光爲形亭亭空中靡所倚憑眷此幻身如鬼如坻生則囿物軒昂權衡地所不載而能空行滅則蕩空附離四生不可控搏矧此亭亭涕淚請救搏頰頓纓如月下照著心寒清不因脩爲得法界淨碎身微塵莫報聖靈

陶石簣評法隨心生法隨心滅此義大暢

送壽聖聰長老偈 并序

佛說作止任滅是謂四病如我所說亦是諸佛四妙法門我今亦作亦止亦任亦滅滅則無作作則無止止則無任任則無滅是四法門更相掃除火出木盡灰飛烟滅如佛所說不作不止不任不滅是卽滅病否卽任病如我所說亦作亦止亦任亦滅是卽作病否卽止病我與佛說旣同是法

亦同是病昔維摩詰默然無語以對文殊
而舍利弗亦復默然以對天女此二人者
有何差別我以是知苟非其人道不虛行
時長老聰師自筠來黃復歸於筠東坡居
士爲說偈言
珍重壽聖師聽我送行偈願憫諸有情不斷一切
法人言眼睛上一物不可住我謂如虛空何物住
不得我亦非然我而不然彼義然則兩皆然否則

無然者。

陶石賁許蘇公文字奇絕全得禪门翻公案力

東坡密語　卷三　偈　十六

十二時中偈 并引

十二時中嘗切覺察遮箇是什麼十二月二十日自酒守席上回忽然夢得箇消息乃作偈曰

百滚油鐺裏恣把心肝煠遮箇在其中不寒亦不熱似則是似是則未是不唯遮箇不寒熱那箇也不寒熱咄甚叫做遮個那個

隨說隨掃

上聖俞許此因忽若有得而記之者故序載

南屏激水偈

水激之高如所所從來屈伸相報報盡而止止不失平於以觀法

熈寧中作此偈以示用文閣黎後十六年再過南屏復錄以示雲玩上座元祐四年九月望日

木峰偈

元豐七年臘月朔日東坡居士過臨淮謁普照王塔過襄師房觀所藏佛骨舍利捨

木山一峰供養乃說偈言

枵然無根生意永斷刦火洞然爲君作炭

玉聖俞評奇思

觀藏真畫布袋和尚像偈

柱杖指天布袋着地掉却數珠好一覺睡

王聖俞評莊子有云無聽之以耳而聽之以心無聽之以心而聽之以氣凡禪宗文字半須氣聽

地獄變相偈

我聞吳道子初作酆都變都人懼罪業兩月罷屠宰此畫無實相筆墨假合成譬如說食飽何從生怖汗乃知法界性一切惟心造若人了此言地獄自破碎

讀之可令人發信心

數息不如調息調息不如隨息要以自然爲至耳

養生偈

已饑方食未飽先止散步逍遙務令腹空每腹空時即便入定不拘晝夜坐卧自便惟在攝身使如木偶常自念言我今此身若少動揺如毛髮許便墮地獄如商君法如孫武令事在必行有死無犯又必用佛及老莊語眡鼻端白數出入息綿綿若存用之不勤數至數百此生寂然此身兀然與虛空等不煩禁制自然不動數至數千或不能數則

有一法強名曰隨與息俱出復與俱入隨之不已一旦自住不出不入或覺此息從毛孔中八萬四千雲蒸雨散無始巳來諸病自除諸障自滅自然明悟譬如盲人忽然有眼此時何用求人指路是故老人言盡於此

王聖俞評曲折隨勢如自然曲木几不施雕琢

點破輪迴

朱壽昌梁武懺贊偈 并序

我觀世間諸得道者多因苦惱苦惱之極無所告訴則呼父母父母不聞仰而呼天天不能救則當歸命於佛世尊佛以大悲方便開示令知諸苦以愛爲本得愛則喜犯愛則怒失愛則悲傷愛則懼而此愛根何所從生展轉觀察愛盡苦滅得安樂處諸佛亦言愛別苦離父母離別其苦無量

篤學

於離別中生離最苦有大長者曰朱壽昌
生及七歲而母捨去長大懷思涕泣追求
刺血寫經禮佛懺悔四十餘年乃見其母
念報佛恩欲度衆苦觀諸教門切近周至
莫如梁武所說懺悔文旣繁重旨亦淵祕
一切衆生有不能了乃以韻語諧諸音律
使一切人歌詠贊嘆獲福無量時有居士
蜀人蘇軾見隨喜而說偈曰

長者失母常自念言母本生我我生母去有我無母不如無我誓以此身出生入死母若不見我亦隨盡在衆人中猶如狂人終日皇皇四十餘年乃見其母我初不記母之長短大小肥瘠云何一見便知是母母子天性自然冥契如磁石鍼不謀而合我未見母不求何獲既見母巳即無所求諸佛子等歌詠懺文既懺罪巳當求佛道如我所說作求母觀

求毋即是求佛四十年如一日佛見而毋有不見乎是正佛教人處

蘇長公密語卷三終

蘇長公密語卷四

姑孰古繁李一公闇生甫選

三衢杜承仕邦用甫校

贊

應夢觀音贊

水中明月不可捉摸自是性相

稽首觀音宴坐寶石忽忽夢中應我空寂觀音不來我亦不往水在盆中月在天上

鍾伯敬許不許人索解

李卓吾許

夢作司馬相如求畫贊并序

夜夢嚴君平司馬相如楊子雲合席而坐

子雲曰長卿久欲求公作畫贊予以罪戾

辭子雲懇祈不獲已爲之旣成子雲戲予

曰三賦果足以重趙乎予曰三賦足以重

趙則子之太玄果足以重趙乎一笑而散

長卿有意慕藺之勇言還故鄉閭里是聳景星鳳

凰以見其寵煌煌三賦可使趙重

寶林寺十八大羅漢贊

軾自海南歸過清遠峽寶林寺敬贊禪月所畫十八大阿羅漢

第一賓度羅跋囉墮尊者

白氎在膝貝多在巾目視超然忘經與人面顱百皺不受刀箭無心掃除留此殘雪

第二迦諾迦代尊者

耆年何老粲然復少我知其心佛不妄笑瞋喜雖

幻笑則非瞋施此無憂與無量人

第三迦諾迦跋梨隨闍尊者

揚眉注目拊膝横拂問此大士爲言爲默默如雷霆言如墻壁非言非默百祖是式

第四蘇頻陀尊者

聃耳屬肩綺眉覆顴佛在世時見此耆年開口誦經四十餘齒時聞雷雹出一彈指

第五諾矩羅尊者

善心爲男其室法喜背癢熟爬有木童子高下適當輕重得宜使眞童子能如兹乎

第六跋陁羅尊者

美狠惡婉自昔所聞不圓其輔有圓者存現六極相代衆生報使諸佛子具佛相好

第七迦理迦尊者

佛子三毛髪眉與鬚既去其二一則有餘因以示衆物無兩遂既得無生則無生死

第八代闍羅弗多尊者
兩眼方用兩手自寂用者注經寂者寄滕二法相
總亦不相捐是四句偈在我指端
第九戒博迦尊者
一切七日刹那三世何念之動屈指默記屈者巳
往信者未然孰能住此屈伸之間
第十半託迦尊者
垂頭沒肩俛目注視不知有經而況字義佛子云

何飽食晝眠勤苦功用諸佛亦然

第十一羅怙羅尊者

面門月滿瞳子電爛示和猛容作威喜觀龍象之姿魚鳥所驚以是幻身爲護法城

第十二那迦犀那尊者

以惡轆物如火自熱以信入佛如水自濕垂眉捧手爲誰虔恭大師無德水火無功

第十三因揭陁尊者

捧經持珠杖則倚肩植杖而起經珠乃閑不行不立不坐不卧問師此時經杖何在

第十四代那婆斯尊者

六塵旣空出入息滅松㩲石隕路迷草合逐獸于原得箭忘弓偶然汲水忽然相逢

第十五阿氏多尊者

勞我者皙休我者黔如晏如岳鮮不僻淫是哀駝它澹臺滅明各妍于心得法眼正

第十六注茶託迦尊者

以口說法法不可說以手示人手去法滅生滅之中自然眞常是故我法不離色聲

第十七慶友尊者

以口誦經以手歎法是二道場各自起滅孰知毛竅八萬四千皆作佛事說法熾然

第十八賓頭尊者

右手持杖左手拊石爲手持杖爲杖持手宴坐石

上安以杖爲無用之用世人莫知

鄭孔肩許恐勝画人

七處徵心了不可得讀此贊心地豁然

如舌如行如鸚鵡奇甚奇甚
妙諦

小篆般若心經贊

草隸用世今千載少而習之手所安如舌於言無揀擇終日應對惟所問忽然使作大小篆如正行走值墻壁縱復學之能粗通操筆欲下仰尋索譬如鸚鵡學人語所習則能否則默心存形聲與點畫何暇復求字外意世人初不離世間而欲學出世間法舉足動念皆塵垢而以俄頃作禪律禪律若可以作得所不作處安得禪善哉李子小篆字

訣法好

点篆聖

其間無篆亦無隸心忘其手手忘筆筆自落紙非
我使正使忽忽不少暇倏忽千百初無難稽首般
若多心經請觀何處非般若

王聖俞評以字證禪與若達篇同而理更造微
且於人情痛癢更真

觀止無已定之在慧〻之生定孰測其端

六觀堂贊

我觀衆生念念爲人晝不見心夜不見身佛言如夢非想非因夢中常覺孰爲形神我觀衆生終日凝怖土偶不然無罣礙故佛言如幻永離愛惡饑餐畫餅無有是處我觀衆生起滅不停以是爲故乃有生死佛言如泡泡本無成能壞能成雖佛不能我觀衆生顛倒巳久以光爲無以影爲有佛言光影我亦舉手從此永斷日中狂走我觀衆生同

游露中對面不見衣沾眼蒙佛言如露一照而通
蒙者既滅照者亦空我觀衆生神通自在於電光
中建立世界佛言如電言發意會佛與衆生了無
雜壞垂慈老人嘗作是觀自一至六六生千萬生
故無窮一故不亂東坡無口孰爲此贊

衡鑑不爽

孔北海贊　并序

文舉以英偉冠世之資師表海內意所予奪天下從之此人中龍也而曹操陰賊險狠特鬼蜮之雄者耳其勢决不兩存非公誅操則操害公此理之常而前史乃謂公負其高氣志在靖難而才疎意廣訖無成功此蓋當時奴婢小人論公之語公之無成天也使天未欲亡漢公誅操如殺狐兔

何足道哉世之稱人豪者才氣各有高卑
然皆以臨難不懼談笑就死爲雄操以病
亾子孫滿前而咿嚶涕泣留連妾婦分香
賣履區處衣物平生姦僞死見眞性世以
成敗論人物故操得在英雄之列而公見
謂才疎意廣豈不悲哉操平生畏劉備而
備以公知天下有巳爲喜天若祚漢公使
備誅操無難也予讀公所作楊四公贊歎

曰方操害公復有魯國一男子慨然爭之

公庶幾不死乃作孔北海贊曰

晉有羯奴盜賊之靡欺孤如操又羯所耻我書春秋與齊豹齒文舉在天雖亡不死我宗若人尚友千祀視公如龍視操如鬼

王定國真贊

溫然而澤者道人之腴也凛然而清者詩人之癯也雍容委蛇者貴介之公子而短小精悍者游俠之徒也人何足以知之此皆其膚也若人者泰不驕困不撓而老不枯也

恍見王定國

秦少游眞贊

以君爲將仕也其服野其行方以君爲將隱也其言文其神昌置而不求君不卽卽而求之君不藏以爲將仕將隱者皆不知君者也葢將挈所有而乘所遇以游於世而卒反於其鄉者乎

用行舍藏孔顏有是以語少遊其然豈其然乎

鍾伯敬評不能忘情五字名僧所滯參寥妙處在此

參寥子眞贊

東坡居士曰維參寥子身寒而道富辨於文而吶於口外尫柔而中健武與人無競而好刺譏朋友之過枯形灰心而善爲感時玩物不能忘情之語此予所謂參寥子有不可曉者五也

直心深心參寥子得長公爲之傳神

文與可畫墨竹屏風贊

與可之文其德之糟粕與可之詩其文之毫末詩不能盡溢而爲書變而爲畫皆詩之餘其詩與文好者益寡有好其德如好其畫者乎悲夫

金從廬處翻室作贊是贊休中之神品

是王元之亦是蘇長公願為執鞭語不虛

王元之畫像贊并序

傳曰不有君子其能國乎予嘗三復斯言未嘗不流涕太息也如漢汲黯蕭望之李固吳張昭唐鄭魏公狄仁傑皆以身徇義招之不來麾之不去正色而立於朝則豺狼狐狸自相吞噬故能消禍於未形救危於將亾使皆如公孫丞相張禹胡廣雖累千百緩急豈可望哉故翰林王公元之以

雄文直道獨立當世足以追配此六君子者方是時朝廷清明無大姦慝然公猶不容於中耿耿然如秋霜夏日不可狎玩至於三黜以死有如不幸而處於衆邪之間安危之際則公之所爲必將驚世絶俗使斗筲穿窬之流心破膽裂豈特如此而已乎始余過蘇州虎丘寺見公之畫像想其遺風餘烈願爲執鞭而不可得其後爲徐

州而公之曾孫汾爲兗州以公墓碑示余
乃追爲之贊以附其家傳云
維昔聖賢患莫巳知公遇太宗允也其時帝欲用
公公不少貶三黜窮山之死靡憾咸平以來獨爲
名臣一時之屈萬世之信紛紛鄙夫亦拜公像何
以占之有泚其顙公能泚之不能巳之茫茫九原
愛莫起之

李伯時畫李端叔眞贊

鬚鬢之拳然眉宇之淵然披胸腹之掀然以爲可得而見歟則漠乎其無言以爲不可得而見歟則已見畫于龍眠矣嗚呼將爲既琢之玉以役其天乎其將爲不雨之雲以抱其全乎抑將游戲此世而時出于兩者之間也

不可無此句

東林第一代廣惠禪師眞贊

忠臣不畏死故能立天下之大事勇士不顧生故能立天下之大名是人于道亦未也特以義重而身輕然猶所立如此而況于出三界了萬法不生不老不病不死應物而無情者乎堂堂總公僧中之龍呼吸爲雲噫歔爲風且置是事聊觀其一戲盍將拊掌談笑不起於坐而使廬山之下化爲梵釋龍天之宮

亦自楚楚

叙功直捷

李西平畫贊

以吾觀西平王提孤軍自北方赴行在走懷光斬朱泚如反掌及其後帥鳳翔與隴右敞河湟兵益振謀既臧終不能取尋常墮賊計困平凉卒罷兵赴三將誰之咎在廟堂斬馬劍誅延賞爲葅醢不足償覽遺像涕泗滂

王聖俞許自然成文

雲耶月耶辯公耶長公耶是一是二

辯才大師眞賛

余頃年甞聞妙法於辯才老師今見其畫像乃以所聞者賛之即之浮雲無窮去之明月皆同欲知明月所在在汝唾霧之中

王聖俞評不須去霧明月自親

以朔賛賛自以曹叙叙勝此不事接引即以所聞爲賛坡公我用我法

王聖俞評叙狂態曲盡

郭忠恕畫贊并序

右張夢得所藏郭忠恕畫山水屋木一幅忠恕字恕先字以行洛陽人少善屬文及史書小學通九經七歲舉童子漢湘陰公辟從事與記室董裔爭事謝去周祖召爲周易博士國初與監察御史符昭文爭忿朝堂貶乾州司户秩滿遂不仕放曠岐雍陝洛間逢人無貴賤口稱猫遇佳山水輙

陳眉公許高

鍾伯敬許處俗人有法

留旬日或絕粒不食盛夏暴日中無汗大寒鑿冰而浴尤善畫妙於山水屋木有求者必怒而去意欲畫即自爲之郭從義鎮岐下延止山亭設絹素粉墨於坐經數月忽乘醉就圖之一角作遠山數峰而已郭氏亦寶之岐有富人子喜畫日給淳酒待之甚厚久乃以情言且致匹素怒先爲畫小童持線車放風鳶引線數丈滿之富家

妙

李卓吾評：真語

奇特

子大怒遂絶時與役夫小民入市肆飲食日吾所與游皆子類也太宗聞其名召赴闕館于内侍省押班竇神與舍怨先長髯而美忽盡去之神與驚問其故曰聊以效顰神與大怒除國子監主簿出館于太學益縱酒肆言時政頗有謗讟語聞决杖配流登州至濟州臨清謂部送吏曰我逝矣因掊地爲穴度可容面俯窺焉而卒藁葬

諧趣

道左後數月故人欲改葬但衣衾存焉葢

屍解也贊曰

長松攙天蒼壁插水憑欄飛觀縹紗誰子空濛寂

歷烟雨滅没怨先在焉呼之或出

鄭孔肩評 奇人奇久

鍾伯敬評 異人奇事却寫得有本領

立名甚奇

鍾伯敬許罵
田之言

石室先生畫竹贊 并序

與可文翁之後也蜀人猶以石室名其家

而與可自謂笑笑先生蓋可謂與道皆逝

不留於物者也顧嘗好畫竹客有贊者曰

先生閒居獨笑不已問安所笑笑我非爾物之相

物我爾一也先生又笑笑所笑者笑笑之餘以竹

發妙竹亦得風天然而笑

能所兩忘直詮上乘

互破互融義
存笑中神遊
笑外

三笑圖贊

彼三士者得意忘言盧胡一笑其樂也天嗟此小
童麋鹿狙猿爾各何知亦復粲然萬生紛綸何鄙
何妍各笑其笑未知孰賢

王聖俞評三士之笑不須更着一語却推到
小童猿鹿輩皆含笑意便自解脫
歐陽永叔書室圖三笑于壁想見石恪所作
坡公所贊不知為誰筆與此無異

摹畫飛白有景

文與可飛白贊

嗚呼哀哉與可豈其多好好奇也歟抑其不試故藝也始予見其詩與文又得見其行草篆隸也以爲止此矣既沒一年而復見其飛白美哉多乎其盡萬物之態也霏霏乎其若輕雲之蔽月翻翻乎其若長風之卷旆也猗猗乎其若遊絲之縈柳絮褭褭乎其若流水之舞荇帶也離離乎其遠而相屬縮縮乎其近而不隘也其工至于如此而余乃

今知之則余之知與可者固無幾而其所不知者
葢不可勝計也嗚呼哀哉

數句即畫神駿之狀

三馬圖贊并序

元祐初上方閉玉門關謝遣諸將太師文彦博宰相呂大防范純仁建遣諸生游師雄行邊勑武備師雄至熙河蕃官包順請以所部熟户除邊患師雄許之遂擒猾羌大首領鬼章青宜結以獻百官皆賀且遣使告永裕陵時西域貢馬首高八尺龍顱而鳳膺虎脊而豹章出東華門入天駟監

振鬣長鳴萬馬皆瘖父老縱觀以爲未始見也然上方恭默思道八駿在廷未嘗一顧其後圉人起居不以聞馬有斃者上亦不問明年羗溫溪心有良馬不敢進請於邊吏願以餽太師潞國公詔許之蔣之奇爲熈河帥西蕃有貢駿馬汗血者有司以非入貢歲月留其使與馬於邊之奇爲請乞不以時入事下禮部軾時爲宗伯判其

狀云朝廷方却走馬以糞正復汗血亦何
所用事遂寢于時兵革不用海内小康馬
則不遇矣而人少安軾嘗私請于承議郎
李公麟畫當時三駿馬之狀而使鬼章青
宜結效之藏于家紹聖四年三月十四日
軾在惠州謫居無事閱相書畫追思一時
之事而數三馬之神駿乃爲之贊曰
吁鬼章世悍驕奔貳師走嫖姚今在廷服虎貂效

天驥立内朝八尺龍神超遥若將西燕昆瑤帝念
民乃下招爾歸雲逝虜妖

淩經濟点不迂淍

心意相攝不如兩忘

李伯時所畫沐猴馬贊

吾觀沐猴以馬爲戲至使此馬竊銜詭轡沐猴宜馬眞虛言爾

王聖俞評有溫默忘言之意吾最愛之

南渡以前獨至李公麟伯時伯時牛馬斟酌韓戴似乎董李所未及也

顧愷之畫黃初平牧羊圖贊

先生養生如牧羊，放之無何有之鄉。止者自止行者行，先生超然坐其旁，挾策讀書羊不亾。化而爲石起復僵，流涎磨牙笑虎狠。先生指呼羊服箱，號稱兩工行四方。莫隨上林芒屩郎，齅門舐地尋鹽湯。

王聖俞評　若履卜式事而鹽湯乃晉事二合用之

柳毅見涇川婦牧羊問爲何物曰雨工

袁石公評　用歌行体

韓幹畫馬贊

韓幹之馬四其一在陸驤首奮鬛若有所望頓足而長鳴其一欲涉水高者下擇所由濟跼蹐而未成其二在水前者反顧若以鼻語後者不應欲飲而留行以爲廐馬也則前無羈絡後無箠策以爲野馬也則隅目聳耳豐臆細尾皆中度程蕭然如賢大夫貴公子相與解帶脫帽臨水而濯纓遂欲高舉遠引友麋鹿而終天年則不可得矣盖優哉

游哉。聊以卒歲而已。

從虛處摹神

偃松屏贊 并引

予爲中山守始食北嶽松膏爲天下冠其木理堅密瘠而不痒信植物之英烈也謫居羅浮山下地暖多松而不識霜雪如高才勝人生綺紈家與孤臣孽子有間矣士踐憂患安知非福幼子過從我南來畫寒松偃蓋爲護首小屏爲之贊曰

燕趙南北大茂之麓天僵雪峰地裂氷谷凛然孤

清不能無生生此偉奇北方之精蒼皮玉骨磽磽齾齾方春不知沍寒秀發孺子介剛從我炎荒霜中之英以洗我瘴

歲寒松柏所以自况

衲不足重師而以師重則以惟師堪振之乎

磨衲贊并序

長老佛印大師了元遊京師天子聞其名以高麗所貢磨衲賜之客有見而嘆曰嗚乎善哉未曾有也嘗試與子攝其齊衽循其鉤絡舉而振之則東盡嵎夷西及昧谷南放交趾北屬幽都紛然在吾鍼孔綫蹊之中矣於是蜀人蘇軾聞而贊之曰

匣而藏之見衲而不見師衣而不匣見師而不見

衲惟師與衲是一是兩眇牆視之蟣蝨龍象

靜安縣君許氏繡觀音贊

太嶽之裔邑于靜安學道求心妙湛自覿觀觀世音凜不違顏三年之後心法自圓聞思修王如日現前心識其容口莫能言發于六用以所能傳自手達鍼自鍼達線爲鍼幾何巧歷莫算鍼若是佛佛當千萬若其非佛此相曷緣孰融此二爲不二門拜手敬贊東坡老人

此臣長公金針度与人處

李卓吾許趣

繡佛贊

凡作佛事各以所有富者以財壯者以力巧者以技辯者以言若無所有各以其心見聞隨喜禮拜贊歎曾未及彼一鍼之勞而其獲報等無有二若復緣此得度成佛則此繡者乃是導師

讀此贊人人可作佛事〻〻可作佛果

蘇長公密語卷四終

蘇長公密語卷五

序

范文正公文集序

慶曆三年軾始總角入鄉校士有自京師來者以魯人石守道所作慶曆聖德詩示鄉先生軾從旁竊觀則能誦習其詞問先生以所頌十一人者何

胸次在總角時已迥別

人也先生曰童子何用知之軾曰此天人也耶則不敢知若亦人耳何爲其不可先生奇軾言盡以告之且曰韓范富歐陽此四人者人傑也時雖未盡了則已私識之矣嘉祐二年始舉進士至京師則范公没既葬而墓碑出讀之至流涕曰吾得其爲人葢十有五年而不一見其面豈非命也歟是歲登第始見知於歐陽公因公以識韓富皆以國士待軾曰恨子不識范文正公其後三年過許始

鍾伯敬評　至誠語不見名根

識公之仲子今丞相堯夫又六年始見其叔彝叟京師又十一年遂與其季德孺同僚於徐皆一見如舊且以公遺藁見屬其序又十三年乃克為之嗚呼公之功德蓋不待文而顯其文亦不待序而傳然不敢辭者自以八歲知敬愛公今四十七年矣彼三傑者皆得從之遊而公獨不識以為平生之恨若獲挂名其文字中以自托于門下士之末豈非疇昔之願也哉古之君子如伊尹太公管仲

古人慎重如此

樂毅之流其王伯之略皆定于畎畝中非仕而後
學者也淮陰侯見高帝于漢中論劉項短長畫取
三秦如指諸掌及佐帝定天下漢中之言無一不
酬者諸葛孔明卧草廬中與先主論曹操孫權規
取劉璋因蜀之資以爭天下終身不易其言此豈
口傳耳受嘗試爲之而僥倖其或成者哉公在天
聖中居太夫人憂則已有憂天下致太平之意故
爲萬言書以遺宰相天下傳誦至用爲將擢爲執

此跋影一誠字在内似可自道其文

收結有胆力

攷考其平生所謂無出此書者今其集二十卷爲詩賦二百六十八爲文一百六十五其於仁義禮樂忠信孝悌蓋如饑渴之於飲食欲須臾忘而不可得如火之熱如水之濕蓋其天性有不得不然者雖弄翰戲語率然而作必歸於此故天下信其誠爭師尊之孔子曰有德者必有言非有言也德之發于口者也又曰我戰則克祭則受福非能戰也德之見於怒者也元祐四年四月二十一日

陶石簣評僕人氣格至其議論皆辨處僕人不能○末段如為文正寫照

鍾伯敬許申韓之說後人以資經濟長公亦談經

六一居士集序

夫言有大而非誇達者信之衆人疑焉孔子曰天之將喪斯文也後死者不得與於斯文也孟子曰禹抑洪水孔子作春秋而予距楊墨蓋以是配禹也文章之得喪何與于天而禹之功與天地並孔子孟子以空言配之不已誇乎自春秋作而亂臣賊子懼孟子之言行而楊墨之道廢天下以爲是固然而不知其功孟子既沒有申商韓非之學違

○大○聖○賢○功○

○德○在○人○道○来○加○此

濟直以申韓為陋者親見荆公行之而敗也

此段翻跌錯綜妙

道而趨利殘民以厚主其說至陋也而士以是罔其上上之人僥倖一切之功靡然從之而世無大人先生如孔子孟子者推其本末權其禍福之輕重以救其惑故其學遂行秦以是喪天下陵夷至於勝廣劉項之禍死者十八九天下蕭然洪水之患葢不至此也方秦之未得志也使復有一孟子則申韓爲空言作於其心害於其事作於其事害於其政者必不至若是烈也使楊墨得志於天下

胆人眼高

讀此知歐陽子係天下之重

其禍豈減於申韓哉由此言之雖以孟子配禹可也太史公曰蓋公言黄老賈誼鼂錯明申韓錯不足道也而誼亦爲之予以是知邪説之移人雖豪傑之士有不免者况衆人乎自漢以來道術不出于孔氏而亂天下者多矣晉以老莊亡梁以佛亡莫或正之五百餘年而後得韓愈學者以愈配孟子蓋庶幾焉愈之後三百有餘年而後得歐陽子其學推韓非孟子以達於孔氏著禮樂仁義之寔

以合於大道其言簡而明信而通引物連類折之於至理以服人心故天下翕然師尊之自歐陽子之存世之不說者譁而攻之能折困其身而不能屈其言士無賢不肖不謀而同曰歐陽子今之韓愈也宋興七十餘年民不知兵富而教之至天聖景祐極矣而斯文終有愧于古士亦因陋守舊論卑而氣弱自歐陽子出天下爭自濯磨以通經學古爲高以救時行道爲賢以犯顏納諫爲忠長育

成就至嘉祐末號稱多士歐陽子之功爲多嗚呼此豈人力也哉非天其孰能使之歐陽子没十有餘年士始爲新學以佛老之似亂周孔之真識者憂之賴天子明聖詔修取士法風厲學者專治孔氏黜異端然後風俗一變考論師友淵源所自復知講習歐陽子之書予得其詩文七百六十六篇於其子棐乃次而論之曰歐陽子論大道似韓愈論事似陸贄記事似司馬遷詩賦似李白此非余

言也天下之言也歐陽子諱修字永叔旣老自謂
六一居士云

鍾伯敬評有地步之文
真能為六一居士傳神且關係甚大

學伯敬許說出天人至理將人名根斷人妄想

鼂君成詩集序

達賢者有後張湯是也張湯宜無後者也無其實而竊其名者無後楊雄是也楊雄宜有後者也達賢者有後吾是以知蔽賢者之無後也無其實而竊其名者無後吾是以知有其實而辭其名者之有後也賢者民之所以生也而蔽之是絕民也名者古今之達尊也重於富貴而竊之是欺天也絕民欺天其無後不亦宜乎故曰達賢者與有其實

而辭其名者皆有後吾常誦之云爾乃者官於杭
杭之新城令鼂君君成諱端友者君子人也吾與
之遊三年知其爲君子而不知其能文與詩而君
亦未嘗有一語及此者其後君旣歿於京師其子
補之出君之詩三百六十篇讀之而驚曰嗟夫詩
之旨雖微然其美惡高下猶有可以言傳而指見
者至於人之賢不肖其深遠茫昧難知葢甚於詩
今吾尚不能知君之能詩則其所謂知君之爲君

子者果能盡知之乎君以進士得官所至民安樂
之惟恐其去然未嘗以一言求於人凡從仕二十
有三年而後改官以没由此觀之非獨吾不知舉
世莫知之也君之詩清厚靜深如其爲人而每篇
輒出新意奇語宜爲人所共愛其勢非君深自覆
匿人必知之而其子補之於文無所不能博辯俊
偉絶人甚遠將必顯於世吾是以益知有其實而
辭其名者之必有後也昔李郃爲漢中候吏和帝

遣二使者微服入蜀館於郤郤以星知之後三年使者爲漢中守而郤猶爲候吏人莫知之者其博學隱德之報在於子固詩曰豈弟君子神所勞矣

○結○淺○而○遠○

頓挫變化

送錢塘僧思聰歸孤山叙

天以一生水地以六成之一六合而水可見雖有神禹不能知其孰爲一孰爲六也子思子曰自誠明謂之性自明誠謂之教誠則明矣明則誠矣誠明合而道可見雖有黄帝孔丘不能知其孰爲誠孰爲明也佛者曰戒生定定生慧慧獨不生定乎伶玄有言慧則通通則流是爲知眞慧哉醉而狂醒而止慧之生定通之不流也審矣故夫有目而

妙理

觀音告世尊我從聞思修入三摩地久之知見旋觀旋復

自行則褰裳疾走常得大通無目而隨人則車輪曳踵常仆坑穽慧之生定逮於定之生慧也錢塘僧思聰七歲善彈琴十二捨琴而學書書既工十五捨書而學詩詩有奇語遂讀華嚴經入法界海慧今年二十有九老師宿儒皆敬愛之秦少游取楞嚴經觀世音語字之曰聞復使聰曰進而不已自聞思修以至於道則華嚴法界海慧盡爲蘧廬而況詩書與琴乎雖其苦心學道無自虛空入者

妙理

輪扁斷輪傴僂承蜩苟有以用其巧智物無陋者聽若得道琴與書皆與有力詩其尤也聽能如水鏡以一含萬則書與詩當益奇吾將觀焉以爲聽得道淺深之候

更深

陶石簣評一点誠明定慧諸解都不從人間來至得道淺深之候一語真聖節也長公造語迥諧却有至理

王聖俞評坡公倅杭時曾令聽和參寥昏字

詩後聽狀琴遊梁日登中貴門久之遂還俗

為御史使臣則聽之所得淺耶深耶

獵會詩序

雷勝隴西人以勇敢應募得官爲京東第二將武力絶人騎射敏妙按閲於徐徐人欲觀其能爲小獵城西又有殿直鄭亮借職繆進者皆騎而從弓矢刀槊無不精習而駐泊黄宗閔舉止如諸生戎裝輕騎出馳絶衆客皆驚笑樂甚是日小雨甫晴土潤風和觀者數千人曹子桓云建安十年始定冀州濊貊貢良弓燕代獻名馬時歲之春勾芒司

是觀其能處

節和風扇物弓燥手柔草茂獸肥與兄子丹獵於
鄴西手獲獐鹿九狐兎三十馳騁之樂邊人武吏
日以爲常如曹氏父子横槊賦詩以傳於世迺可
喜耳衆客既各自寫其詩因書其末以爲異日一
笑

王聖俞評借曹子桓語代已叙意不復自撰
一語遂覺趣足此法惟東坡得之

絶塵而奔處或不保

送人序

士之不能自成其患在於俗學俗學之患枉人之
林室人之耳目誦其師傳造字之語從俗之文才
數萬言其爲士之業盡此矣夫學以明禮文以述
志思以通其學氣以達其文古之人道其聰明廣
其見聞所以學也正志完氣所以言也王氏之學
正如脫槧案其形模而出之不待修飾而成器耳
求爲桓璧彝器其可乎

鍾伯敬評似一段却是一篇

層層虛翻

勘破世情便證聖諦

送于伋失官東歸序

世俗之患患在悲樂不以其正非不以其正其所取以爲正者非也請借子以明其正子之失官有爲子悲如子之自悲者乎有如子之父兄妻子之爲子悲者乎子之所以悲者惑於得也父兄妻子之所以悲者惑于愛也惟不與於己者則不惑亦不悲夫惑則悲不惑則不悲人宜以惑者爲正歟抑將以不惑者爲正歟以不惑者爲正則不悲者

又一翻跌

正也然子亦有所樂者曰吾之所以爲吾者豈以是哉雖失是其所以爲吾者猶存則吾猶可樂焉已而不樂又從而悲之則亦不忍夫天下之凡愛我者之悲而不釋夫天下之凡惡我者之喜也夫愛我而悲惡我而喜是知我之粗也樂其所以爲吾者存是自知之深也人不以自知之深爲正而以知我之粗者爲正是得爲正也歟故吾願爲子言其正子將終身樂而不怒詩云優哉游哉聊以

卒歲

王聖俞許達者之見辯士之口讀罷可以起舞

蘇長公密語卷五終